퇴근길엔 카프카를

일상이 여행이 되는 패스포트툰

퇴근길엔 **카프카를**

글·그림 의외의사실

민음사

차례

프롤로그   7

첫 번째 책 체호프 단편선 안톤 체호프 ——————— 19
"불균질한 세상을 이루는 불균질한 마음들"

두 번째 책 등대로 버지니아 울프 ——————— 43
"시간의 흐름에 대한 이상한 감각"

세 번째 책 오셀로 윌리엄 셰익스피어 ——————— 73
"사랑이 시작되는 곳, 의심이 시작되는 곳"

네 번째 책 죄와 벌 표도르 도스토예프스키 ——————— 99
"범죄의 경험"

다섯 번째 책 위대한 개츠비 F. 스콧 피츠제럴드 ——————— 129
"부패하지 않는 꿈과 그 꿈을 좇는 헛된 마음"

여섯 번째 책 픽션들 호르헤 루이스 보르헤스 ——————— 155
"시간과 공간, 존재를 채우는 여러 겹의 층위들"

일곱 번째 책 순수의 시대 이디스 워튼 ——————— 185
"현실은 여기에? 혹은 저기에"

여덟 번째 책 노르웨이의 숲 무라카미 하루키 ————— 215
"젊은 시절을 불러일으키는 구체적인 단어들"

아홉 번째 책 페스트 알베르 카뮈 ————— 241
"재앙이 삶을 덮칠 때"

열 번째 책 오이디푸스 왕 소포클레스 ————— 273
"이야기의 아주 오래된 기원"

열한 번째 책 보이지 않는 도시들 이탈로 칼비노 ————— 307
"도시, 사랑하는 나의 도시"

열두 번째 책 변신·시골의사 프란츠 카프카 ————— 339
"불안이 내 안에 뿌리를 내려"

열세 번째 책 나를 보내지 마 가즈오 이시구로 ————— 371
"하나의 생명으로 태어나"

에필로그 397

프롤로그

책을 느리게 읽는다.

책 한 권을,
스케치북, 아이팟과 함께
늘 가지고 다니며

카페에서 읽고

지하철에서 읽고

친구를 기다리며 읽는다.

책 속의 시간은,
영화 속 시간과 다르게

정해진 절대적 시간 속을
흐르지 않고

팟-

암흑 속에서 흐르지도 않는다.

생활 속에서,

내가 고른 음악 속에서,

날씨와

계절 속에서
느릿하게 보조를 맞추어 흐르는
책 속의 시간.

책 속 시간은
현실로 들어오고

읽은 책의 내용 속에는
책을 읽은 순간이 각인되어 있다.

공기와
촉감과
냄새와
그때의 내가.

책을 읽는다.

책을 읽는 것이 여행,

바로 옆에 있는 사람도 눈치챌 수 없는
시간과 공간의 여행이라면

특히나 오래전, 외국에서
외국어로 쓰인 책을 읽는 것은
최대한 멀리,
멀리 떠나는 여행이 아닐까.

먼 거리, 긴 시간을 건너 나에게 온,
내가 이해할 수 없는 원래의 언어를
지금 읽는 단어들 아래 감춘 후에야
마주할 수 있는 책들

분명하게 이해할 수 없는 관습들을 상상하고

나에게는 아무런 풍경도,
어떤 구체적인 골목이나 그 안의 사람들도
떠올려지지 않는,
무심하게 쓰인 지명과
기억하기도 어려운 이름 같은
고유명사들을 지나면서

나는 알 수 없는 곳을 혼자 헤매는
여행의 흥분을 느낀다.

그 책들,
내가 사랑하는 책들을

이제부터
이야기.

시작!

체호프 단편선

안톤 체호프

안톤 체호프는 희곡과 소설을 통해 19세기 러시아 문학의 황금시대를 이끌었던
작가다. 그는 새로운 사회로 변모 중인 과도기 러시아를 살아가는 평범한
이들을, 냉철하지만 따뜻한 시선으로 감쌌다. 웃음과 비애, 일상의 암울한
체념과 전복성 등 체호프 문학의 특징적 요소들은 현대 단편 소설의 출현을
예고하는 핵심 징후로 제임스 조이스, 버지니아 울프, 헤밍웨이 등에
뚜렷한 영향을 미쳤다.

"불균질한 세상을 이루는
불균질한 마음들"

실제 책을 읽기 훨씬 전부터
이미 이름이 익숙한 작가들이 있다.

언제부턴지도 모르게 너무 많이 들어서
읽지 않았는데도 이미 읽은 듯한,

책을 펼치기도 전에
벌써 조금 지겨운 기분이 드는.

나에게는 체호프가 그랬다.

지금 내가 읽기엔
역시 조금 식상한 것 아닐까?
공감하기 어려운 이야기 아닐까?

나 이외의 사람들은,
비교적 단단한 마음으로
곧은 길을 의심 없이 가고 있는 것 아닐까
하는 막연한 추측이 있다.

더욱이 위대하다는 작가들은,

보통 사람들이 가지기 어려운 확신으로,
이미 깨달아 버린 자신의 진실을
강하게 주장하는 사람이 아닐까,
막연하게 생각했다.

그랬던 것 같다.

체호프 씨는 그런 사람이 아니었다.

개개인들의 상황과 어긋나게 돌아가거나
그것에 잔인할 정도로 무관심한 세상과

그 세상을 살아가는
확신 없는 인물들,

「관리의 죽음」 중에서

이해받지 못하고
이해하지 못하고

「베짱이」 중에서

결과를 예상하지 못한 행동 끝에
후회하고

「티푸스」중에서

행복과 불행을 동시에 겪어야 하는
체호프의 인물들.

평범하고 갈팡질팡하는
(나 같은) 사람들에 대한
세심하고 사려 깊은 관찰자.

체호프가
내 마음을 대신하여,

라고 말해 주어

나는 고마웠다.

마음에 든다고 생각했던
사람의 고백 앞에,

저는…
저는 당신을
사랑해요!

「베로치카」중에서

이게
어떻게 된
일인가!

그런데 난 과연
그녀를 사랑하는 것일까!
그것이 문제군!

…

사랑해요

사랑한다구요!

아, 억지로
사랑할 수는
없는 노릇이야

억지로가 아니라면
내가 언제 사랑을 해 보겠는가!
난 벌써 서른 살이 아닌가!
베라보다 나은 여자는
그동안 만나지 못했고
앞으로도 못 만날 거야…

맙소사, 세상은 온통
생명과 시와 의미로 가득해서
바위조차도 감동시킬 정도인데,
나는… 나는 이렇게
멍청하고 칠칠치 못하니!

그리고 공포에 사로잡힌 사람의
기나긴 고백.

아니, 그러면
인생은 이해가
되시오? 말해 봐요,
그래 당신은 저승세계보다
인생을 더 잘 이해한다고
생각합니까?

정확히
뭐가 무서운 겁니까?

「공포」 중에서

모든 것이 무서워요.

오늘 나는 무엇인가를 하지만
내일이면 벌써
내가 왜 그 일을 했는지
이해할 수 없게 돼요.

내 생각에 우리는 아는 것이 거의 없어요.
그렇기 때문에 매일 실수를 저지르고
옳지 못한 짓을 하며
서로 비방하고 남의 일에 끼어드는 겁니다.
사는 데 방해만 되는 불필요하고 시시한 짓거리들에
우리는 자신의 힘을 소진합니다.
이것이 무섭습니다. 이 모든 일이 무엇을 위해서,
누구를 위해서 필요한 것인지
나는 이해할 수 없으니까요.

31

. . . . . .

내 마음이
이렇기도 하고
저렇기도 하다고

이걸 원하기도 하지만
원하지 않기도 하니
어떻게 해야 할지
잘 모르겠다고

실제 누군가에게
끝도 없이 늘어놓을 수도 없고

사랑 고백도 아니고,
내 마음이 단순하지 않고
한결같지도 않음을
선뜻 고백하기도 힘드니···

······

나는 체호프를 읽는다.

ooosasil

이 장면

무슨 말을 하든 그 한마디 한마디가
아그뇨프 자신에게도
역겹고 진부하게 여겨졌다.
한발한발 내디딜 때마다
죄책감이 자라났다. 그는
주먹을 부르쥐고 자책하면서
자신의 냉담함과 여성에 대한
서투름을 저주했다. 스스로를 부추길 양으로
그는 베로치카의 아름다운 몸매와
그녀의 땋아내린 머리,
먼지 날린 길 위에 남겨진
조그마한 발자국에 눈길을 주며
그녀의 눈물과 말들을 상기했다. 그러나
이 모든 것들은 부드러운 기분을
자아내기는 했지만
그의 마음을 뒤흔들어 놓지는 못했다.
'아, 억지로 사랑할 수는
없는 노릇이야!'

이반 알렉세이치는
홀로 남겨졌다.
숲을 향해 발길을 돌려
천천히 걷는 동안 그는
여러 번 멈춰 서서 스스로도
믿기지 않는다는 표정으로
쪽문을 바라보았다.
그토록 그의 마음에 들었던
한 소녀가 방금 전에 그에게
사랑을 고백했으며,
그가 그 고백을
그다지도 서툴고 무뚝뚝하게
'거절' 했다는 사실이
믿겨지지 않았다! 그는 생전 처음
인간의 선의라는 것이
얼마나 무기력한가를
경험으로 깨우치게 되었다.

아그뇨프는
자신의 조심스러운 발걸음과 불 꺼진 창을,
헬리오트로프와 목서초의 짙은 향기를 기억한다.
그를 아는 카로가 반갑게 꼬리를 흔들며 다가와
손 냄새를 맡았다. 그 개는
그가 두 번째로 이 집 근처에 온 것을 본
유일한 생명체였다. 그는
베라의 불 꺼진 창가에 잠시 서 있다가
손을 내젓고는 깊은 한숨을 내쉬며
정원을 떠났다.

「베로치카」 중에서

작가 이야기
안톤 체호프

Антон Чехов
1860.1.29 – 1904.7.15

체호프 씨!

체호프는
1860년 1월 29일에 태어나
1904년 7월 15일까지, 만 44세까지 살았다.

여러 해 동안 결핵을 앓았던 체호프는
요양차 떠난 독일에서 세상을 떠났다.

세상을 떠나던 날 밤 체호프는
처음으로 먼저 의사를 불러달라고 했고,
샴페인을 달라고 했다고 한다.

의사에게 독일어로
"Ich Sterbe(나는 죽는다)"
라고 말하고,

독일어를 못 알아듣는 아내를 위해
한 번 더 말했다고 한다.

그리고

라고 말하고

샴페인 한 잔을
다 마신 후

세상을 떠났다고 한다.

나는,
자신의 글과
잘 어울리는
죽음의 장면인 것 같아,
이 이야기를 좋아한다.

ooosasil

드미트리 그리고로비치
(Дмитрий Григорович, 1822~1900)
러시아의 작가.
체호프는 의과대학에 진학한 후 돈을 벌기 위해
필명으로 유머 잡지에 짧은 글을 쓰곤
했다.
그는 체호프의 재능을 알아보고
편지를 보내 재능을 소중히 여기고
신중하게 글을 쓰라고 충고했다.
체호프는 그 후 글쓰기를 진지하게 받아들이고
실명으로 글을 쓰기 시작했다.

막심 고리키
(Максим Горький, 1868~1936)
러시아의 소설가.
가난하고 힘겨운 삶을 살아가는 사람들의
삶을 소설로 그렸다. 체호프는 고리키와 달리
정치적인 활동을 하지는 않았지만
서로 가깝게 지냈고 상대방의 작품을
좋아했다. 고리키는 자신이 만난
사람들에 대한 이야기를 일기에서
발췌해서 정리한 『가난한 사람들』이라는
산문집을 썼는데 이 책에 체호프에
대한 이야기도 포함되어 있다.

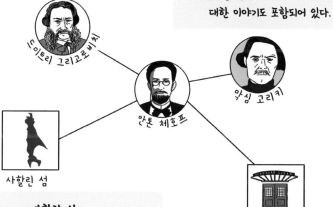

드미트리 그리고로비치

막심 고리키

안톤 체호프

사할린 섬

모스크바 예술극장

사할린 섬
러시아 연해주 동쪽, 일본 북해도 북쪽에 있는
러시아의 섬. 체호프는 단편 소설 작가로 명성이
높아지던 때 주변의 반대를 무릅쓰고 혼자
사할린으로 여행을 떠난다.
유형지로 활용되던 사할린에서 유형수들과
주민들을 직접 만나며 그들의 힘겨운 생활을
보고 듣고 기록으로 남겼다.
『사할린 섬』이라는 이 기록은 책으로 묶여 나왔다.
이 여행은 체호프의 이후 글쓰기에 많은 영향을
주었다고 한다.

모스크바 예술극장
1898년 세워진 극장.
희곡 「갈매기」의 상트페테르부르크
초연이 완전히 실패한 후 체호프는
다시는 희곡을 쓰지 않겠다고
말했다. 하지만 후에 모스크바
예술극장에서 성공리에 상연되었다.
물론 체호프는 계속 희곡을 썼고,
모스크바 예술극장은 그의 희곡과
함께 성장했다.

등대로

버지니아 울프

아름다운 여름날, 스코틀랜드 헤브리디스 군도의 작은 별장에
램지 가족과 손님들이 모인다. 막내 제임스가 등대에 가고 싶어 하자,
어머니 램지 부인은 희망을 잃지 않도록 자상하게 답해 주지만 아버지 램지는
좋지 않은 날씨를 이유로 아들을 낙담시킨다. 그리고 10년이 흘러,
전쟁을 겪은 후 살아남은 사람들이 다시 등대를 방문하고, 램지 씨는
아이들을 데리고 등대로 가는데…….

가끔,

시간이,

이상하게 흐르는 것 같은
기분이 들 때가 있다.

시간이 멈추거나
고여 있는 것 같은,

아무 일도 벌어지지 않을 것 같은
순간들.

어떤 하루.

그래, 물론이지.
내일 날이
맑으면 말이야.

하지만 종달새가
지저귈 때
일어나야 할걸.

엄마와 아이가
내일 등대에 갈 수 있을지에 대해
이야기를 나눈다.

하지만

날이 맑지
않을 거다

아빠는 지나가다 아들의 기대에
찬물을 끼얹는다.

하루의 시간이 있다.

램지 부부와 여덟 아이들, 그리고 초대된 손님들이
휴가지에서 보내는 9월의 어느 하루,
오후에서 저녁까지의 시간.

어쩌면 네가
깨어날 때
햇살이 빛나고
새들이 노래하고
있을 거야.

길게 길게 잡아 늘여놓은 것처럼
느리게 흐르는 시간.

"다만 그녀는 삶에 대해 생각했다.
그러면 작은 시간의 조각들이 그녀가 살아온
오십 년 세월을 눈앞에 드러냈다. 삶, 삶이라.
그녀는 생각했지만 생각을 마무리 짓지는
못했다. 그녀는 삶을 바라보았다.
아이들과도 남편과도 나누지 않는
실재하는 어떤 것,
...... "

빗발치는 탄환과
포탄의 습격을 받으며!

(버지니아 울프의 아버지는 실제로
주위 아랑곳없이 시구를 큰 소리로 읊곤 했다고 한다.)

66 그렇다면 사람들,
실로 굳게 닫힌 사람들에 대해서
이러저러한 것들을
어떻게 알 수 있을까? 99

아이가 여덟이라니!
철학자로 자식 여덟 명을
키우다니!

아아니…

아무것도
필요하지 않아……

끝없이 이어지는
사람들의 중얼거림.

끝나지 않을 것 같은 하루.

도대체 무슨 이야기를 하고 싶은 걸까,
의문이 드는 순간.

툭,

시간이 흐른다.

실이 끊어지듯,

평지를 걷다
한 단 내려 뛰듯.

· · · · · ·

할 일 없는 오후,

사람들 속에서
혼자 멍한 시간,

고여 있는 듯한 시간.

시간이 흐른다는 것이
실감나지 않는 순간들이
많은 날들을 채우고 있다.

하지만

빵

시간은 흐른다.

흐르지 않는 것 같은 시간은,
갑작스럽고 빠르게
이미 흘러 있어

나이를 먹고

많은 것이 변하고
누군가는 죽는다.

그걸 느낄 때
두려움에 몸서리치게 된다.

시간은!

세월은!

나이는···

9월 별장에서의 하루,

영원할 것처럼
느리게 흐르던 그 시간은

과거가 된다.

· · · · · ·

⁶⁶그래서 그 집은 비었고, 문들은 잠기고, 깔개들은 둥글게 말려 있었기에, 길 잃은 실바람이 막대한 군대의 전위대처럼 사납게 휘몰아쳐 들어와서 텅빈 식탁을 스치며 조금씩 물어뜯고 부채질했어도, 침실이나 응접실에서 펄럭이는 커튼과 삐걱거리는 목재가구, 식탁의 드러난 다리들, 이미 물때가 끼고 변색되고 금이 간 스튜 냄비와 도자기를 제외하고는 바람에 저항하는 그 무엇과도 마주치지 않았다. 사람들이 버리고 남겨 둔 것들(신발 한 켤레, 사냥 모자, 옷장에 남은 빛바랜 치마와 코트), 이런 것들만이 인간의 형체를 간직한 채, 한때 그것들이 인간의 몸으로 채워져 활기를 띠었으며, 그 후크와 단추들을 채우느라 손이 분주했고, 거울에 얼굴이 담기고 세계가 담겨 있었음을 그 허허로움으로 알려 주었다. 어떤 사람이 갑자기 몸을 돌렸고, 손이 나타났고, 문이 열렸고 아이들이 뛰어들어와 뒹굴다가 다시 나갔던 그 세계는 텅 비어 사라졌다.⁹⁹

. . . . . .

시간은
흘렀고
사람들은
죽었다…
영원할 것 같은
시간 속을 부유하던
사람들이
죽었다,
병으로,
전쟁으로,
갑자기.

우리는 각자 홀로
죽어갔지……

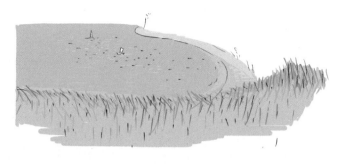

10년

10년전 그 자리.

"그녀는 입술까지 어떤 물질에 잠긴 채
서 있는 것 같았고 그 안에서
움직이고 떠다니고 가라앉는 것 같았다.
그래, 이 물은 헤아릴 수 없이 깊으니까.
그 속으로 수많은 삶들이 흘러들어 갔다.
램지 부부, 아이들 게다가 오갈 데 없는
온갖 잡동사니들도. 바구니를 든 세탁부와
까마귀, 트리토마, 자주색과 녹회색 꽃들,
이 모두를 함께 묶었던
공동의 감정도."

시간이 어떻게 흐르는지
아무도 모른다.
시간이 어떤 속도로 흐르고
시간이 흐르며 무엇을 남기는지
우리는 어떻게 죽어 가고 있는지.

그 이상한
시간의 흐름을 ,

잠시
건너다
봄

ooosasil

이 장면

그녀는 다시 카마이클 씨에게 말했다.
그렇다면 그게 무엇일까요?
그게 무슨 의미가 있을까요?
무언가 손을 불쑥
밀어 올려 사람을 꼭 잡아 줄 수 있을까요?
칼날이 자를 수 있을까요?
주먹이 움켜쥘 수 있을까요?
안전함이란 어디에도 없을까요?
안내자도, 피난처도 없고,
그저 모든 것이 불가사의하고,
높은 뾰족탑에서 허공으로 뛰어드는 것에
불과할까요? 연로한 사람들에게도
삶이란 이런 것일까요?
이토록 놀랍고, 예기치 않은,
미지의 것인가요?

64

잠시 그녀는 그들 두 사람이
지금 잔디밭에 서서
삶이 왜 그렇게 짧은지,
왜 그렇게도 불가해한지를
설명해 달라고 요구한다면,
눈앞의 사물을 숨김 없이
볼 수 있는 자격을 갖춘
두 인간으로서 격렬하게 요구한다면,
그러면 아름다움이 뭉게뭉게 피어오르고,
그 공간이 채워질 것이며,
그 공허한 장식무늬들이 형체를
갖출 것이라고 느꼈다.

본문 중에서

Virginia Woolf
1882. 1. 25 - 1941. 3. 28

당신이
버지니아 울프
인가요.

버지니아 울프는
1915년부터 1941년 자살로 죽기 직전까지
꾸준히 일기를 썼다고 한다.

레너드 울프

그 일기는, 버지니아 울프가 죽은 후
남편 레너드가 내용을 간추린 〈A Writer's Diary〉,
레너드와, 일기에 등장하는 대부분의 사람들이 죽은 후
조카 퀜틴의 부인 앤이 일기 전체의 내용을 담아 편집한
『A Diary of Virginia Woolf』로 출판되었다.

소설가의
사적인 글을 읽는
즐거움!

작가가 출판을 염두에 두지 않고 쓴 사적인 글들은 늘
생전에 정식으로 출판된 공식적 작품과는 다른 재미가 있다.

줄리아 스티븐
(어머니)

66어머니가 죽고 스텔라를 따라서
다들 그 방에 들어갔을 때,
어머니의 침대 옆에서 들키지 않게
몸을 돌려 웃던 일이 떠오른다. 나는
나는 눈물 흘리는 간호사를 보면서
'연기하네'라고 했다. 열세 살의 일이다.
다음 순간 나는 내가 제대로 슬퍼하지
않고 있음을 깨달았다. 바로 지금 그러하듯99
〈A Writer's Diary〉 1934년 9월 12일

레너드 울프
(남편)

66그리고 가혹한 겨울이 시작되었다.
창백하고 어딘가 어긋난 나날,
열한 시에 마주친 늙어 가는 여자와도 같은.
어쨌거나 ㄴ과 함께 나는 오늘 낮에
산책을 할 것이며, 그건 내게 엄청난
은행 잔고처럼 느껴진다!
깨지지 않을 행복이다.99
〈A Writer's Diary〉 1935년 1월 19일

레슬리 스티븐
(아버지)

〝아버지와 어머니를 수시로 떠올리곤 했다.
하지만 『등대로』를 집필한 후부터 나는 두 사람을
깊이 묻어 두기로 했다. 요즘 들어 아버지가 이따금씩
떠오르기는 하나 예전과는 사뭇 다르다.〟
〈A Writer's Diary〉1928년 11월 28일

〝적어도 아직까지는
이 책을 써 낸 나 자신을 존경한다.
그렇다, 어쩌면 이것이
타고난 결점을 내보이는
결과라 할지라도.〟
〈A Writer's Diary〉1930년 8월 20일

그리고 버지니아 울프는 자살하기 직전
남편 레너드에게 편지를 썼다.

66내 삶의 모든 행복에 대해서
당신에게 빚을 지고 있다는 말을 하고 싶어요.
당신은 완벽한 인내심을 가지고
믿을 수 없을 만큼 제게 잘해 주셨어요.
누구나 그 사실을 안다는 것도 말해 두고 싶어요.
만약에 누군가가 저를 구원할 수 있었다면
그건 아마 당신이었겠지요. 다른 모든 것이
저에게서 떠나가던 순간에도
당신의 신의에 대한 확신만큼은
남아 있었답니다. 나는 이제 더 이상
당신의 삶까지 망칠 수가 없어요.
우리보다 행복했던 두 사람은
다시 없을 거예요.99

어느 소설가의 가장 많이 알려진 소설을 읽고
덜 알려진 책들도 읽고
또 사적인 글들도 찾아 읽으며
그 사람을 오랫동안 알아 온 기분을 느낀다.

oooSasil

제임스 조이스
(James Joyce, 1882~1941)
아일랜드 더블린 출신의 소설가.
대표작 『율리시스』의 출판을 호가스
출판사가 거절했다. 버지니아 울프는
『율리시스』가 천재성이 보이지만 저급하고
산만하다고 평했다. 또, 익힌 고기를
먹을 수 있는데 왜 날 것을 먹어야 하느냐고
이야기하기도 했다. 버지니아 울프와
제임스 조이스는 같은 해에 태어나
같은 해에 죽었지만 한 번도 직접
만난 적은 없다고 한다.

호가스 출판사(Hogarth Press)
울프 부부가 만든 출판사.
부부는, 수동식 인쇄기를 사고 자신들이
살던 집의 이름을 따서 출판사의 이름을 지었다.
버지니아 울프는 글쓰기의 긴장감에서 벗어나기
위해 직접 조판을 하곤 했다.

호가스 출판사

T. S. 엘리엇
(T. S. Eliot, 1888~1965)
미국에서 태어나 영국에서 활동한 시인.
대표작인 시집 『황무지』의 초판이
호가스 출판사에서 출간되었다.
울프 부부와 가깝게 지냈다.

제임스 조이스

버지니아 울프

T. S 엘리엇

캐서린 맨스필드

〈디 아워스〉

캐서린 맨스필드
(Katherine Mansfield, 1888~1923)
뉴질랜드 출신으로 영국에서 활동한 소설가.
주로 단편 소설을 썼다. 버지니아 울프는
맨스필드를 작가로서 인정했으며 한편으로
질투했다. 맨스필드가 울프와 달리 굴곡
많은 삶을 살다 34살의 이른 나이에
결핵으로 세상을 떠난 후, 울프는
맨스필드의 글에 대해 내가 시기한 유일한
글이었다고 일기에 썼다.

디 아워스(The hours, 2002)
소설 『댈러웨이 부인』을 매개로,
『댈러웨이 부인』을 쓰던 버지니아 울프를
포함하여 다른 시대를 사는 세 여성의
삶을 그린 영화. 동명의 소설 원작이 있으며
스티븐 달드리 감독의 연출로 2002년
제작되었다.

오셀로

윌리엄 셰익스피어

무어인 출신으로 베네치아 공국의 장군이 된 오셀로는 원로원 의원의 딸
데스데모나를 아내로 맞는다. 부하 이야고는 카시오에게 부관의 자리를 준
오셀로를 추락시키기 위해, 데스네모나를 이용하려는 계략을 꾸민다. 그는
카시오를 실각시킨 후 복직 탄원을 구실로 카시오를 데스데모나에게
접근하게 하고, 오셀로에게는 데스데모나의 부정을 거짓되게 고한다.
이 모함으로 오셀로는 의심과 질투에 사로잡혀 버린다.

셰익스피어는 어디에나 있다.

영화가 있고,

잘라져 나온
구절들이 있고,

음악이 있다.
(「결혼 행진곡」은 멘델스존이
세익스피어 작품에서 영감을 얻어 만든
『한여름 밤의 꿈』 중 일부)

그리고
인용되고
변형되고
그림자를 드리운
수많은 이야기들이 있다.

그러니,

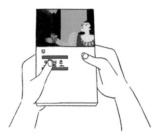

이제와 새삼 책을 읽는 것은,
어색한 일이다.

이미 다른 형태로
지겹도록 듣고 보아 온 책을
마주 대하는 이 어색함.

게다가 희곡이니 말이다.

희곡은
읽기 좀
머쓱한데

로미오와 줄리엣을
굳이 책으로?

쿼리릭

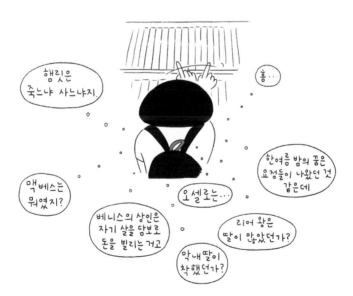

햄릿은
죽느냐 사느냐지.

흠…

맥베스는
뭐였지?

오셀로는…

한여름 밤의 꿈은
요정들이 나왔던 것
같은데

베니스의 상인은
자기 살을 담보로
돈을 빌리는 거고

리어 왕은
딸이 많았던가?

막내딸이
착했던가?

모르는데 아는 것 같은 기분이 드는 셰익스피어들.

비교적 최근에야

셰익스피어의 책들을
실제로 읽었다.

이 오래된 책 속의

오래된 인물들

(무어인 장군 오셀로와
백인 귀족의 딸 데스데모나)

전 이 무어인을 사랑했고
함께 살 것임을
제가 철저하게 규범을 깨뜨리고
운명의 여신을 조롱한 사실로
온 세상에 알립니다.

내가 온순한 데스데모나를
사랑만 않는다면
걸림없는 그 자유를
속박하는 일 따위는
바닷속 보물을 다 준대도
하지 않을 테니까.

그들의 사랑과

그녀는 떠나갔어.
난 속았고
내 위안은
그녀를 저주하는 것이야.
오, 결혼의 저주여.

질투와

다 죽었어!

비극은,

의심이 생겨나는 곳은
단 한 곳.

스스로의 마음 속
이라고 말한다.

마이클 카시오는
감히 추측컨대
정직하다고 생각합니다.

나도 그래.

사람은 겉과 속이 같아야 합니다.
안 그런 자들은
사람으로 안 보였으면.

틀림없어.
사람은 겉과 속이
같아야지.

그렇다면 카시오는
정직하다고 생각합니다.

오, 질투심을 조심해야 합니다.
그것은 희생물을 비웃으며 잡아먹는
푸른 눈의 괴물이랍니다.

이야고는

물처럼,

공기처럼,

자연스럽게

존재감 없이
스스로 무언가 이루려는 욕망도 없이
오셀로의 숨겨 둔 마음을 파고들고
행동을 부추긴다.

의심이 자신의
바깥에 존재하지 않고

악한이 악한의 모습으로
존재하지 않고

내가 말로 꺼내 놓은 적 없고
의식이 닿는 부분으로
끌어올려 마주해 본 적도 없는

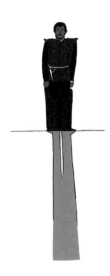

무의식 깊은 곳에 숨어 있던
불안과 열등감이

이야고의 모습으로

또다른 누군가의 모습으로

혹은 아무런 모습도 띠지 않은 채

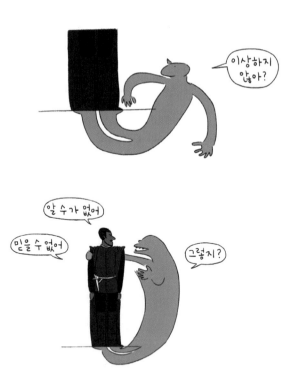

나를 유혹하고

나를 삼켜 버릴 수 있다는 것은
얼마나 큰 공포인가,

오래된 책이 나에게 말한다.

오셀로는 끝까지
그 의심이 자신에게서 시작되었다고는
절대 생각하지 않았지만.

ooosasil

이 장면

내 앞에 선 당신을 여기서 보노라니
내 만족만큼이나 커다란 놀라움을 느끼오.
오, 내 영혼의 기쁨이여,
모든 폭풍 뒤에 이 같은 평온이 깃들인다면
바람은 죽음을 일깨울 때까지 불고 불어
고생하는 돛단배가 바다의 언덕을
저 높은 올림푸스 산까지 올랐다가
천국에서 지옥으로 떨어지듯
곤두박질치게 하라. 내 지금 죽더라도
지금이 가장 행복하리. 왜냐하면
내 영혼은 절대 만족을 맛보았으므로
이 같은 안락이 미지의 운명 속에서도
계속될까 염려하기 때문이오.

이 만족을 말로는 다하지 못하겠소.
너무 큰 기쁨이라 가슴이 막힌다오.
이 입맞춤과 또 이 입맞춤이
우리들 두 마음 사이에 앞으로 생겨날
가장 큰 불화가 되었으면!

작가 이야기
윌리엄 셰익스피어

William Shakespeare
1564.4.26 - 1616.4.23

당신은 이 얼굴로만 남아 있군요.

오래전에 살아
하나의 얼굴로 남은
셰익스피어.

수많은 언어로 번역, 출간되고

세계 각국에서 각각의 언어로

쉴 새 없이 공연되고 있을 셰익스피어들.

셰익스피어의 희곡들은 셰익스피어 생전에
온전한 텍스트로 만들어지지 않았다고 한다.

연극의 대본은 각 배우들에게
각자의 대사만 적힌 형태로 주어졌고,
대부분 셰익스피어 사후에야, 배우들의 기억과
조각난 원고들에 의지해 모아진 대사들로
전체가 연결된 하나의 대본 형태가 완성되었다고 한다.

그리고 우리가 셰익스피어의 얼굴이라고 알고 있는 얼굴은
작가 사후에 화가가 상상력을 보태 그려,
얼마나 닮았는지 확인할 길이 없고
무엇보다 셰익스피어라고 알려진 인물이
셰익스피어의 작품이라고 알려진 글들을 썼는지조차
의문에 싸여 있다고 하니……

어디에나 있고 어디에도 분명하게
존재하지 않는 셰익스피어 씨.

그 셰익스피어를,
익숙한 제목과 알고 있는 이야기를
이루고 있는 실제 문장들을,

읽어 보기를
권장함……

oooSosil

죄와 벌

표도르 도스토예프스키

젊은 법학도 라스콜니코프는 형편이 어려워 학업을 중단한 상태다.
마치 관 같은 방에 틀어박혀 자신만의 완벽한 계획을 짜고, 어느 날 저녁
그것을 실행에 옮긴다. 전당포 노파 자매를 살해한 것. 예심판사 포르피리는
구체적 증거가 없음에도 라스콜니코프의 심리를 꿰뚫으며 그를 압박해 온다.
그리고 이성과 관념만이 가득했던 그의 마음속에는 조금씩 예상하지 못한
불안감이 싹트기 시작한다.

"범죄의 경험"

대단한,
범죄의 경험은 없다.

평이한 삶을
살아온 것 같다.

살인이나 강도를 저질러 본 적 없고
도박에 빠지거나
생존을 위협하는 탈출구 없는 가난에
처한 적도 없다.

도스토예프스키의 책에는
이 모든 것이 들어 있다.

격한 감정과
극한의 상황이 펼쳐지는
도스토예프스키의 책들.

책을 읽다 보면 실제로
심장이 두근거리고
호흡이 빨라지는 듯한 기분이 들며
손에서 책을 놓을 수가 없다.

라스콜니코프.

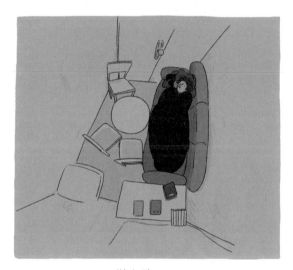

벽장 같고
관 같은 작은 골방에서
궁핍 속에 살며
자신 만의 관념을
만들어 가던 젊은 라스콜니코프는,

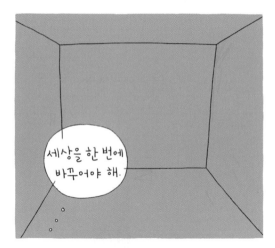

세상을!

그 관념을
실행에 옮기는 순간.

현실로 떨어진다.

그는 실제 살인이
어떤 순간들로 채워져 있는지
전혀 짐작할 수 없었던 것이다.

그리고 살인 후에 남겨질 시간들도.

"이렇게 죽도록
외롭다고 느낀 적이
한 번도, 단 한 번도 없었다."

뭐, 그냥
금품을 훔치기 위해서였어.
그만하지, 소냐……

아니, 소냐, 아니야.

그렇게까지 배가 고팠던 것도 아니고……
어머니를 돕고 싶은 마음이야
정말로 있었지만……
그것도 정확한 이유는 아니야……

. . . . . .

나는 그저 이를 죽였을 뿐이야, 소냐. 아무 쓸모도 없고 해롭기만 한 이를.

나는 그때 거미처럼 내 방구석에 틀어박혔어. 당신도 내 골방에 직접 와 봤잖아.

한데 알겠지, 소냐,
낮은 천장과 비좁은 방이
영혼과 이성의 숨통을 조인다는 걸!
오! 나는 이 골방을 정말 증오했어!

말이 나왔으니 말인데
내가 어둠 속에 드러누워 줄곧 뭔가에 골몰했을 때
그거야말로 악마가 나를 홀린 것은 아니었을까?

무엇보다도, 소냐, 살인을 했을 때 필요했던 것은
돈이 아니었어. 돈이 필요했다기보다는 뭔가
다른 것이······. 나는 이제야 알겠어······. 나를 이해해 줘.
만약 똑같은 길을 간다고 해도,
절대 두 번 다시 살인은 하지 않을 거야.
그때는 다른 것을 알아야만 했어.
다른 것이 내 겨드랑이를 콕콕 찔렀거든.
나는 그때 내가 다른 사람들처럼
이에 불과한지, 아니면 인간인지를
알아야만 했어. 그것도
어서 빨리 알아야 했지.

나는, 소냐, 궤변을 늘어놓을 것도 없이
그냥 죽이고 싶었어. 나를 위해, 나 하나만을 위해
죽이고 싶었던 거야! 이 점을 나 자신에게까지
거짓말로 덮어 두고 싶지는 않았어. 어머니를 돕기 위해
죽인 것이 아니야, 허튼 소리지!
비용과 권력을 얻기 위해, 인류의 은인이 되기 위해
죽인 것도 아니야, 허튼 소리! 나는 그냥 죽였어.

그리고 자각.

자신이 한 행동이 그저 하나의 살인 사건일 뿐이라는
자각.

그리고 자신이 평범한 사람이라는 자각.

그는 자수와
사람들 속에서의 삶을 선택한다.

그렇다면 왜,
대체 왜 살아야 하며
지금 나는 대체 왜
가고 있는 걸까.
이 모든 것이 그야말로
책에 쓰인 대로 될 것임을
알면서!

확신은 아직 없지만.

이 순간이,
젊음이 끝나는
순간임을,

안녕히 가세요

이 이야기 전체가
젊음에 대한 이야기이기도 하다는 것을,

나이가 더 든 지금 다시 읽으니
더 분명하게 느낄 수 있다.

ooosasil

이 장면

무심결에 한 손을 움직이다가 갑자기 주먹
안에 꼭 쥐고 있던 20코페이카짜리
은화의 감촉을 느꼈다. 그는 주먹을 풀고
동전을 유심히 바라보다가 팔을 치켜들어
물속에 던졌다. 그러고는 몸을 돌려
집 쪽으로 걷기 시작했다. 이 순간 그는
가위를 들고 제 손으로 자기 자신을
모든 사람과 모든 것으로부터 싹둑
잘라 낸 기분이었다.

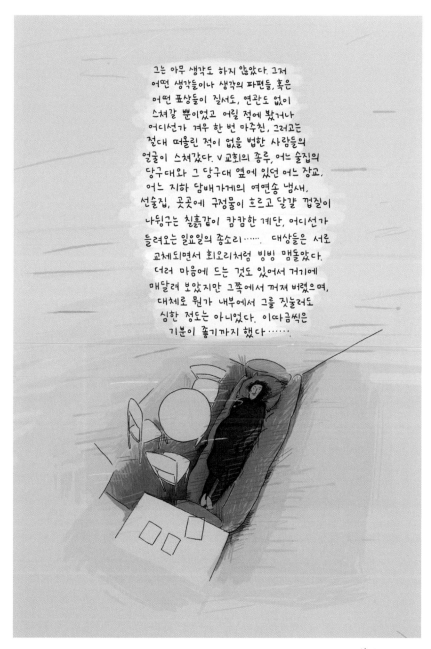

그는 아무 생각도 하지 않았다. 그저
어떤 생각들이나 생각의 파편들, 혹은
어떤 표상들이 질서도, 연관도 없이
스쳐갈 뿐이었고 어릴 적에 봤거나
어디선가 겨우 한 번 마주친, 그러고는
절대 떠올린 적이 없을 법한 사람들의
얼굴이 스쳐갔다. V 교회의 종루, 어느 술집의
당구대와 그 당구대 옆에 있던 어느 장교,
어느 지하 담배가게의 여연송 냄새,
선술집, 곳곳에 구정물이 흐르고 달걀 껍질이
나뒹구는 칠흙같이 캄캄한 계단, 어디선가
들려오는 일요일의 종소리…… 대상들은 서로
교체되면서 회오리처럼 빙빙 맴돌았다.
더러 마음에 드는 것도 있어서 거기에
매달려 보았지만 그쪽에서 꺼져 버렸으며,
대체로 뭔가 내부에서 그를 짓눌러도
심한 정도는 아니었다. 이따금씩은
기분이 좋기까지 했다……

본문 중에서

작가 이야기
표도르 도스토예프스키

Фёдор Достоевский
1821.11.11 - 1881.2.9

책의 분위기와
작가의 초상의
분위기가 늘 이렇게
비슷한 것은
그냥 내 기분입니까,
사진을 고른 사람의
의도입니까,
당연한 일입니까

부유한 귀족 계급이어서
돈을 벌 필요가 없었던
동시대 작가 톨스토이나

투르게네프와 달리

나는 노동하는
작가다!

도스토예프스키는
글을 써서 돈을 벌어야 했다.

아버지가 돌아가신 충격으로
간질이 시작되었고

정치범으로 사형 선고를 받고

총살형이 집행되기 직전에
형 집행이 중지되어
시베리아에서
유형생활을 하고

도박에 빠져
빚에 허덕이며

빚을 갚기 위해
시간에 쫓겨 소설을 쓰던

도스토예프스키.

자취들마다

소설들이 있다.

ooosasil

다섯 번째 책

위대한 개츠비

F. 스콧 피츠제럴드

어려서부터 성공의 야망을 품어 온 미국 중서부 빈농 출신 개츠비는

1차 세계 대전 중 육군 장교가 되어 상류층 아가씨 데이지를 사랑하게 된다.

그러나 개츠비가 유럽 전선에 나가 있는 동안 데이지는 돈 많은 다른 남자와

결혼해 버린다. 전선에서 돌아온 개츠비는 부를 축적하고,

뉴욕 롱아일랜드에 저택을 마련한다. 노력 끝에 개츠비는 데이지의

사랑을 되찾는 데 성공하는 듯 하지만……

"부패하지 않는 꿈과
그 꿈을 좇는 헛된 마음"

시간은 흐른다.

젊음은 지나간다.

나이를 먹는다.

하지만

그걸 인정할 수 없었던 사나이.

만 너머로 초록색 불빛을
하염없이 바라보던
바로 그 개츠비.

만 너머엔
데이지가 있다.

"데이지는 그가 난생 처음으로 알게 된
우아한 여자였다."

젊고,
가난하고,
미래가 불확실하고
붙잡고 오를 만한 여건은 하나도 없이
야망만 큰 개츠비에게
데이지는,

그가 이루고자 하는 모든 것의
상징이었다.

66개츠비는 부가 가둬 보호해 주는 젊음과 신비,
그 많은 옷이 풍기는 신선함, 그리고
힘겹게 살아가는 가난한 사람들과는 동떨어진 곳에서
데이지가 안전하고 자랑스럽게 은처럼
빛을 내뿜는다는 사실을 뼈저리게 깨달았던 것이다.99

젊은 시절,
짧은 사랑.

· · · · · ·

개초비의 불가능한 시도

데이지, 이제 모든 게 끝났소.
이제 그런 건 아무 상관 없어요.
저 사람에게 진실을 말하기만 하면 되는 거요⋯⋯
그를 사랑한 적이 한 번도 없다고⋯⋯
그러면 그 일은 말끔하게 지워지는 거요.

아니⋯⋯, 어떻게 내가
저 사람을 사랑할 수 있겠어요⋯⋯
정말 어떻게요?

당신은 저 사람을
사랑한 적이 없소

물론 개츠비가 원한 것은
이런 것이 아니었다.

개초비가 원한 것은
하나의 요소만으로 이루어진 사랑,
내가 원했던 그때의 그 모습만으로
상대방이 채워져 있는 것.

데이지는 무책임했지만,

개츠비가 바라보던 초록색 불빛은 애초에
데이지와는 무관한
개츠비 자신만의 환상이었을 수도 ……

있다고
생각합니다…… 만?

휙

힉!

사람들은 모두

오래 봐도 상대방의
한가지 면밖에 못 보는지도 모르고

사람과 사물들은 각자의 속도로
각기 다른 대상을 중심으로
제각기 떠돌고 있는지도 모른다.

그 움직임 속
우연의 한 순간,

되찾을 수 없는 한 순간을
찾으려던 개츠비의 노력은,

ooosasil

이 장면

만일 그게 사실이라면 그는 그 옛날의 따뜻한 세계를 상실했다고, 단 하나의 꿈을 품고 너무 오랫동안 살아온 것에 대한 대가를 치렀다고 느꼈던 것이 틀림없다. 그는 장미꽃이란 얼마나 기괴한 것인지, 또 거의 가꾸지 않은 잔디 위에 쏟아지는 햇살이 얼마나 생경한 건지 깨달으면서, 무시무시한 나뭇잎 사이로 낯선 하늘을 올려다보며 틀림없이 몸서리를 쳤을 것이다. 현실감이 없으면서 물질적인 세계, 가엾은 유령들이 공기처럼 꿈을 들이마시며 되는 대로 이리저리 방황하는 새로운 세계……

물결이라고까지는 할 수 없는 잔잔한 물살 때문에
개츠비를 태운 매트리스가 불규칙하게 풀장 아래로 움직였다.
수면에 잔물결 하나 만들지 못할 정도로 가벼운 한 줄기 바람만으로도,
예상치 못한 짐을 싣고 예상치 못한 방향으로 흘러가는
매트리스의 흐름을 방해하기에 충분했다.
매트리스는 수면 위에 떠 있던 나뭇잎 더미에 닿자
천천히 돌면서 마치 캠퍼스의 다리처럼 물 위에
붉은 동그라미를 남겨 놓았다.

본문 중에서

작가 이야기
F. 스콧 피츠제럴드

F. Scott Fitzgerald
1896.9.24 - 1940.12.21

피츠제럴드는 20대 때 이미 성공한 작가였다.

작품의 성공과
잘생긴 외모, 개인적인 매력으로
물질적 보상과 사교계의 관심을 누리며
화려한 생활을 하던 피츠제럴드.

그는 자신의 소설들을 통해
물질적 풍요와 빛나는 젊음, 그리고
연애의 순간들이 주는 설렘과
그것들에 대한 애타는 갈망,

후에 찾아오는 환멸을 이야기한다.

그 시대가 그랬던 것처럼,

작가 자신의 삶이 그랬던 것처럼.

『파리는 날마다 축제』(1964)

영어 제목은 'A Moveable Feast'.
헤밍웨이가 파리에서 지냈던 젊은 시절을
회고하며 남긴 글로, 그의 사후에 출간되었다.
글쓰기를 하는 마음가짐과 가난했던 생활,
그리고 그 시절 파리에 모여들었던 예술가들의
이야기가 담겨 있다.
이 책에서 피츠제럴드는 늘 술에 취해 있고
불안정한 모습으로 묘사된다.

어니스트 헤밍웨이
(Ernest Hemingway, 1899~1961)

기자 생활을 그만두고 작가가 되기 위해
준비하던 1921년부터 1926년까지 파리에
머무르며, 그 시절 파리에 있던 피츠제럴드와
교류했다. 이미 성공한 작가였던 피츠제럴드는
헤밍웨이의 작가적 재능을 알아보고 작품을
발표할 수 있게 도와줬다고 한다.

〈Paris est une Fête〉

어니스트 헤밍웨이

젤다 피츠제럴드

스콧 피츠제럴드

이디스 워튼

젤다 피츠제럴드(Zelda Fitzgerald, 1900~1948)

스콧 피츠제럴드의 부인.
미국 앨라배마 주 대법원 판사의 딸로 부유하게 자랐고,
스무 살에 스콧 피츠제럴드와 결혼했다. 그가 소설
『낙원의 이편』으로 큰 성공을 거둔 직후였다.
작가가 되기를 원했고, 화려한 생활을 좋아했다.
남편 스콧은 아내의 예술적, 사회적 활동을 극도로 싫어해
방해하고 강압적으로 막았다고 한다. 화려해 보이는
모습과 다르게 서로를 불행하게 하던 부부 생활 끝에
젤다는 정신과 치료를 받아야 했고, 스콧이 죽은 지 8년 후,
입원해 있던 정신병원의 화재로 숨을 거둔다.

이디스 워튼
(Edith Wharton, 1862~1937)

미국의 소설가.
미국에서 활동하다가 파리로 이주해
정착했다. 파리에 머물렀던
피츠제럴드와 한 번 만난 적이
있다고 한다. 동시대를 살며 그 시기
미국 상류층의 생활 양식과 그 이면을
보여준 남녀 작가로 같이 언급되곤 한다.

픽션들

호르헤 루이스 보르헤스

『두 갈래로 갈라지는 오솔길들의 정원』(1941)과 『기교들』(1944)에
수록된 17편의 단편 소설을 모은 소설집. 이 단편들은
교묘한 서스펜스와 반전이라는 장치를 통해 기억과 환상, 실재와 허구의
경계를 넘나든다. 무수한 가설과 환상의 세계에서 우주는 순식간에 하나의
거대한 도서관이 되고, '나'라는 주체마저 허구가 되어 버린다.

"시간과 공간, 존재를
채우는 여러 겹의 층위들"

나.

시간 속의 나.

공간 속의 나.

정확한 지점에 서 있다.

2015년 11월 2일
10시 …분,
대한민국 서울시 종로구…

그런데

정말?

이라고 보르헤스 씨가 말했다.

흠......

흠......

보르헤스 씨의 우주는,

「바벨의 도서관」 중에서

66 사람들이 '도서관'이라고 부르는 우주는
육각형 진열실로 이루어진 부정수, 아니 아마도
무한수로 구성되어 있다. 99

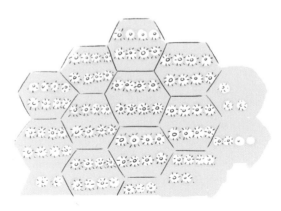

책으로 가득한 육각형 방으로
빽빽하게 이루어진 우주.

표현 가능한 것은
이미 모두 표현되었고

필요한 정보와
인생의 모든 문제에 대한 해결책은
책장 어딘가에 꽂혀 있다.

찾기만 하면
되겠네!

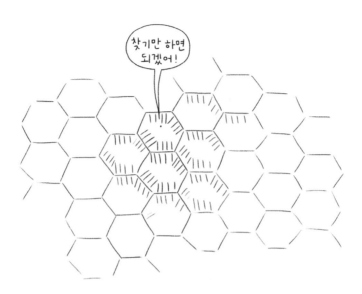

찾을 수 없다는 것이 함정.

어딘가에는 있을
요약본도 찾을 수 없고

전체를 볼 수도 없다는 것이
또 다른 함정.

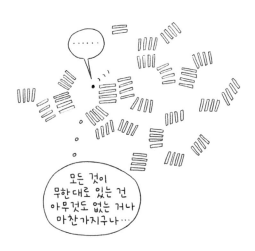

보르헤스 씨의 시간은……

" 뉴턴이나 쇼펜하우어와는 달리, 당신의 조상은
통일적이고 절대적인 시간을 믿지 않았습니다."

"그는 무한하게 연속된 시간을 믿었어요."

"분산되고 수렴되고 병렬적인 시간들로 구성된
점차로 커져가는 어지러운 시간의 그물망을 믿었던 거지요."

「두 갈래로 갈라지는 오솔길들의 정원」중에서

"서로 가까워졌다가 갈라지기도 하고
서로를 잘라 버리거나 아니면 수백 년 동안
서로 인식하지 못하는 시간들로 이루어진 직물은
모든 가능성을 포함합니다."

교차되고 겹치고
갈라지며
동시에 흐르고

사람들은,

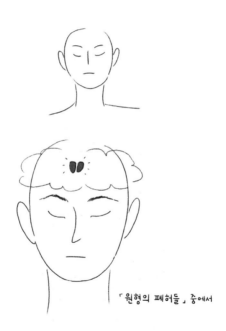

「원형의 폐허들」중에서

"그는 살아 있고
따뜻하고
비밀스럽고 주먹만 한 크기의
아직 얼굴도 성별도 없는
한 인간 육체의 어둠 속에 있는
석류빛 심장을 꿈꾸었다."

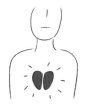

서로의 꿈 속에
환영으로만 존재한다.

뫼비우스의 띠처럼······,

끝없이 겹쳐지는
액자 속의 액자 속의 액자 속의 액자처럼······

보르헤스 씨의 알쏭달쏭한 세계 ·······.

세상은 복잡하고 흥미롭지만
절대 근본적인 것은 알 수 없고
우리가 어디에 서 있는지 볼 수 없다고

보르헤스는 말한다.

책 밖 세상을 산다.

삶은 일직선으로 된 평평한 길 위를
걷는 거라고 많은 것이 이야기한다.

시간은,

숫자로 정확하고 촘촘하게
분할되어 있고

공간은,

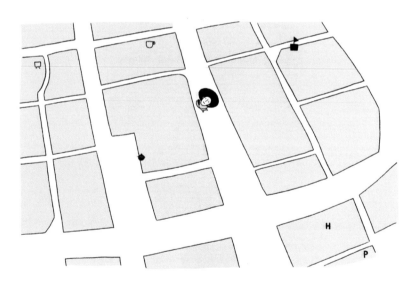

지도 속에서
섬세하고도 단순한 선으로 정리되어 있다.

나는,

생물학적 작용에 의해 생겨나고 태어나,

자라고 나이 들고 늙어 가고 있다.

의심과 두려움이 생겨날 여지는 없다고

일상 생활을 이루는 모든 것들이
나에게 말한다.

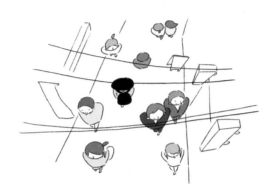

보르헤스를 읽으며

시계 속 시간과 달리
내게 와 닿는 시간은
늘 모호했고

나의 몸과,
나 전체를 아우르는 의식이라는 것에 대해
늘 알 수 없다고 느꼈으니……,

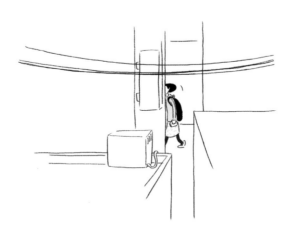

책 속의 알쏭달쏭한 세계가

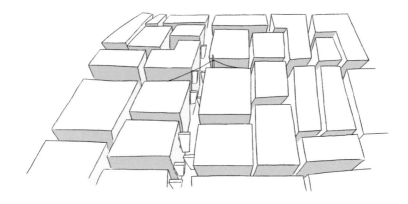

내가 살고 있는 이 세계가
틀림없다고 생각했다.

ooosasil

이 장면

'도서관'의 모든 사람들처럼 나는 젊은 시절 여행을 했다.
나는 한 권의 책, 아마도 편람 중의 편람일 책을 찾아 돌아다녔다.
이제 내 눈은 지금 내가 쓰고 있는 것조차 알아볼 수 없고,
나는 내가 태어난 육각형의 방에서
몇 킬로미터 떨어지지 않은 곳에서 죽을 준비를 하고 있다.
내가 죽으면, 자비로운 사람들이 나를 난간 위로 던져 버릴 것이다.
내 무덤은 깊이를 헤아릴 수 없는 허공이 될 것이고,
내 육체는 끝없이 떨어질 것이고, 썩을 것이며,
내가 아마도 무한하게 떨어지면서 만들어 낼 바람 속에서
분해될 것이다.

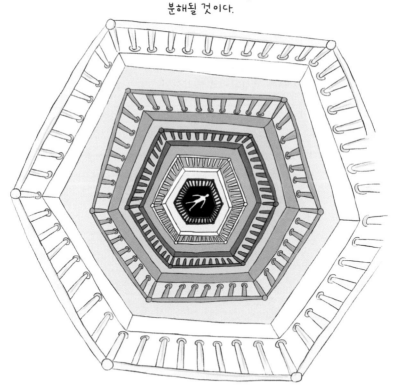

그 누구도
애정과 공포로 가득하지 않은
음절을 발음할 수 없다.
또한 그 비밀의 언어들 가운데에서
강력한 신의 이름이 아닌 것을
입에 올릴 수는 없다.
말한다는 것은 동어반복에 빠지는 것이다.
이런 내용도 없고 그저 긴 말을 늘어놓을 뿐인 편지는
이미 셀 수도 없이 많은 육각형 진열실들 중의 하나에 있는
다섯 개의 책장에 꽂혀 있는 서른 권의 책들 중 한 권에 존재한다.
그리고 거기에는 역시 그런 편지에 대한 반론도 있다.

「바벨의 도서관」 중에서

작가 이야기
호르헤 루이스 보르헤스

Jorge Luis Borges
1899.8.24 - 1986.6.14

보르헤스 씨!

보르헤스는 아르헨티나에서 태어나
유럽에서 자랐다.

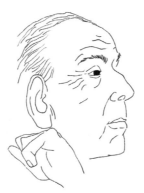

작가가 꿈이었던 아버지의
작은 도서관 규모의 커다란 서재에서
유년 시절 많은 시간을 보냈다고 한다.

유전적인 질병으로 시력을 잃은 후에도
작품 활동을 계속하며
환상적이고 철학적인 글을 쓰다가

8기세에 세상을 떠난 보르헤스는,
자신이 바라던 대로 완전하게 소멸되어 사라졌을까,

어느 인터뷰에서 한 이야기처럼
호르헤 루이스 보르헤스라는 이름으로 살던 삶을 완전히 잊고
다른 이름으로 전혀 다른 삶을 살고 있을까,

혹은 소설 속 관념들처럼
다른 차원에서 평행하게 계속되는
지금과는 절대 만나지 않는 어떤 다른 시간 속을
여전히 보르헤스로 살고 있을까.

생각해 본다.

ooosasil

순수의 시대

이디스 워튼

1870년대 뉴욕. 자신이 속한 세계에 아무런 의문을 갖지 않고 살아온
부유한 변호사 뉴랜드 아처는 티 없이 순수한 메이 웰랜드와 약혼한다.
그러나 어느 날, 메이의 사촌 엘렌 올렌스카 백작 부인의 등장으로 두 연인의
평화는 흔들린다. 엘렌을 통해 뉴랜드는 자신의 세계가 축복 받은 어둠,
공허한 순수에 불과하다는 것을 깨닫지만 그는 그 세계를 끝내 벗어날 수 없다.
뉴랜드의 마음에서 엘렌은 간절히 소망했으나 얻을 수 없었던 꽃으로 피어난다.

"현실은 여기에? 혹은 저기에"

1870년대 미국 뉴욕,
사교계.

뉴랜드 아처,

약혼녀 메이 웰랜드,

그리고 메이의 사촌 언니,

유럽에서의 불행한 결혼 생활을 끝내고 돌아온
엘렌 올렌스카.

뉴랜드는 메이와의
결혼을 앞두고 있다.

누구에게나 당연하게 받아들여지는
둘의 결혼.

하지만,

66 자신의 결혼도
물질적, 사회적 이해로 맺어진 지루한 관계가
한쪽의 무지와 다른 쪽의 위선으로 유지되는
대다수의 결혼과 별반 다르지 않을 거라는
오싹한 예감이 스치고 지나갔다.99

뉴랜드는

평탄해 보이는 결혼 앞에서
혼란과 망설임을 느낀다,
다른 많은 사람들처럼.

그 때

엘렌 올렌스카가 나타난다.

전혀 다른 분위기의 사회와
아처로서는 상상하기 어려운 불행을 경험한.

다른 삶을 꿈꾸게 하는.

문 앞에 선 망설임,

66 음악, 제단 위의 백합향, 점점 더 가까이 다가오는 구름 같은
망사 베일과 오렌지꽃의 모습, 행복에 겨운 흐느낌으로 떨리는
아처 부인의 얼굴, 나지막이 축도를 읊조리는 목사의 목소리,
분홍색 옷을 입은 신부 들러리 여덟 명과 검은색 옷을 입은
신랑 들러리 여덟 명이 지시에 따라 도는 모습, 수없이 보아 온
익숙한 장면이지만 신랑으로서는 처음 보게 된 형언할 수 없이
낯설고 무의미할 따름인 이 모든 광경과 소리, 느낌이
그의 머릿속에서 어지러이 뒤섞였다.99

저런, 반지는
챙겼던가?

친애하는 여러분
우리 모두 이 자리에
모였습니다……

"갑자기 그의 앞에 검은 심연이 입을 쩍 벌렸고
부드럽고 활기차게 울리는 자기 목소리를 들으면서도
그는 그 속으로 점점 더 깊이 가라앉는 느낌이었다."

아직도,

"과거의 환영은 꿈이었고,
머리 위 언덕의 집에서는 현실이 그를
기다리고 있었다."

엘렌...

여전히.

그럼 당신 생각은
내가 당신의 정부가 되어
같이 살아야 한다는 것인가요?
당신의 아내가 될 수 없으니.

내가 아는 사람들 중에도
그런 곳을 찾으려는 시도를 한 사람이
한둘이 아니에요. 내 말을 들어요. 그들은
모두 잘못된 역에서 내렸어요. 불로뉴, 피사,
몬테카를로 같은 곳 말이죠. 그곳은 그들이
뒤에 두고 떠나온 세계와 전혀 다르지 않았어요.
더 작고 음침하고 난잡하다는 것만
빼고 말이죠.

덜컹

덜컹

. . . . . .
그래, 고르곤이
당신의 눈물을
말려 버렸군요.

덜컹

흠. 고르곤은 내 눈을 뜨게 해 주기도 했어요. 고르곤이 사람들을 눈멀게 한다는 얘기는 틀린 말이에요. 그 반대죠.

사람들의 눈꺼풀을 뜨고 있게 고정시켜서 다시는 축복 같은 어둠 속에 있지 못하게 만들죠.

아, 내 말을 믿어요. 거긴 작고 비참한 나라일 뿐이라니까!

문은 닫힌다.

나이를 먹는 건
가능성이 점점 줄어드는 일.

사방으로 열려 있던 문은

걸을수록 등뒤에서 하나하나 닫히고
길은 점점 좁아져

전혀 다른 삶이 될 가능성은
점점 없어진다.

(메이의 임신)

뉴랜드 아처의 삶에서

하나의 문이 닫혔다.

하나의 중요한 가능성이 없어지고

안정감을 찾았다.

ooosasil

이 장면

아처는 복잡한 머릿속을 정리하느라 바빴다.
자기 미래가 갑자기 눈앞에 펼쳐지는 듯했다.
끝없이 공허한 삶을 보내면서
아무런 사건도 겪지 않은 채 늙어 갈
한 남자의 모습이 보였다.
그는 어스름이 깔리는 황량한 정원,
쓰러져 가는 집, 떡갈나무 숲을 둘러보았다.
올렌스카 부인을 꼭 찾아낼 것만 같은 장소였다.
그러나 그녀는 멀리 가 버렸고,
분홍 양산조차 그녀의 것이 아니었다……

과거의 환영은 꿈이었고, 머리 위 언덕의 집에서는 현실이 그를
기다리고 있었다. 웰랜드 부인의 조랑말 마차가 문 앞에서 뱅뱅
원을 그리며 맴돌고, 메이가 부끄러움을 모르는 올림포스의 신들 아래
비밀스러운 희망으로 상기된 채 앉아 있고, 뱀뷰가 멀리 끝에는
웰랜드가의 별장이 있고, 웰랜드 씨는 벌써 만찬을 위해 성장을 하고
병자 특유의 초조한 태도로 손에 시계를 든 채 거실을 서성이고 있다……

난 누굴까?

본문 중에서

그 집 사위……

Edith Wharton
1862.1.24 ~ 1937.8.11

당신 시대의
옷은
예쁘지만
활동하기엔
불편해
보입니다.

이디스 워튼은
미국 뉴욕의 부유한 상류층에서 태어나
아버지의 서재에서 다양한 분야의 책을 읽으며
자랐다.

20대에 소설을 쓰기 시작하고
결혼을 했으나 남편과의 관계는 처음부터
원만하지 못했고

자신이 속한 미국 상류층 여성의
관습과 제약에 둘러싸인 삶,
속물화된 결혼을
소설 속에서 세밀하게 그려 냈다.

남편과의 결혼 생활을 정리하고
파리로 건너가 글을 계속 썼으며

1차 세계 대전 때는 구호 활동을 하기도 하며
계속 파리에 살다가
세상을 떠난 후 파리에 묻혔다.

그런데

개를 무척 좋아하셨던 듯?

ooosasil

노르웨이의 숲

무라카미 하루키

독일 함부르크 공항에 착륙한 비행기 안에서 울린 비틀스의
「노르웨이의 숲」을 들으며, 와타나베는 오랜 세월을 거슬러 올라, 추억에 잠긴다.
와타나베, 기즈키, 기즈키의 여자 친구 나오코. 고등학교 시절, 함께 어울리던
세 사람의 행복한 시간은 기즈키의 자살로 끝나 버린다.
도쿄로 오게 된 와타나베와 나오코는 특별한 연민과 애정을 나누며 지낸다.
한편 대학에서 만난 미도리는 전혀 다른 매력으로 와타나베의
일상에 거침없이 뛰어드는데…….

66 젊은 시절을 불러일으키는
구체적 단어들 99

오랫동안
하루키를 읽지 않았다,

특별한 의도가 있었던 것은
아니었지만

하지만 읽지도 않은 하루키의 글에 대해
어떤 이미지를 가지고 있어 종종,

별로 근거 없는 생각을
멋대로 하곤 했다.

나오코,

미도리,

그리고

"혼잡한 일요일 거리는 나를 푸근하게 해 주었다."

"나는 통근 열차처럼 붐비는 기노쿠니야 서점에서
포크너의 『8월의 빛』을 사서
음악을 크게 틀어 줄 것 같은 재즈 카페에 들어가
오넷 콜먼이니 버드 파웰의 레코드를 들으며
뜨겁고도 짙고 맛없는 커피를 마시며 방금 산 책을 읽었다."

조용하고 평화롭고
고독한 일요일

"불현듯 앞으로 이런 일요일을
도대체 몇 십 번 몇 백 번 반복해야 하느냐는 생각이 들었다."

여기가 진짜 세계가
아닌 것 같은 느낌이 들어.
사람들도 주변 풍경도 왠지
진짜가 아닌 것 같아 보여.

막막하고
알 수 없는
시간들.

와타나베의 젊음.

나는 예전에
청춘에 대한 이야기는 모두
가짜고, 멋만 내는 속임수라고
생각했다.

내가 그 나이였으니까.

어느 순간,
이야기 속 젊음을 보면
눈이 부시고

가슴이 두근거렸다.

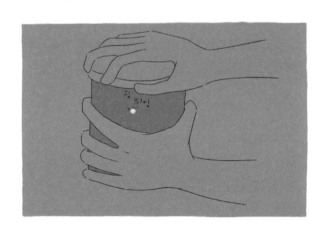

"눈을 감으면, 그 작고 희미한 불빛은
짙은 어둠 속을 갈 곳 잃은 영혼처럼 언제까지나 떠돌았다.
나는 어둠 속으로 몇 번이나 손을 뻗어 보았다.
손가락에는 아무것도 닿지 않았다. 그 작은 빛은
언제나 내 손가락 조금 앞에 있었다."

경험해 보지도 않은
감정들 앞에서
그리움을 느꼈다.

몽글몽글한
청춘의 순간들,

나에게는 그런 것이 없었지만

미도리 같은
현실의 외피를 쓴,
매력만으로 만들어진 듯한
이성 친구도 없었지만

『노르웨이의 숲』을 덮고 나자
나도 이야기를 하고 싶다는 기분이 들었다,

오래전 이야기를,

동네 이름과 가게 이름,
그때 들었던 노래의 제목 같은
구체적 단어들을 하나하나 읊어 가며,

아마도 이 책처럼
조곤조곤하게 짚어 나가는
회고조로,

지나고 나서야 보이는
그 시절에 대하여.

ooosasil

이 장면

가끔 견디기 힘든 외로움에 젖을 때도 있지만,
난 대체로 건강하게 잘 지내.
네가 매일 아침 새를 돌보고 밭일을 하는 것처럼
나도 매일 아침 나의 태엽을 감아.
침대에서 나와 이를 닦고 수염을 깎고 아침을 먹고
옷을 갈아입고 기숙사 현관을 나와 학교에 도착할 때까지
난 대체로 서른여섯 번 정도 끼륵, 끼륵 태엽을 감아.
자, 오늘도 잘 살아 보자고 하면서.
스스로는 못 느끼는데 요즘 들어 내가
혼잣말을 자주 한다고들 해.
아마도 태엽을 감으면서 뭐라고 혼자 중얼대는 말일 테지.

우리는 게임 코너 뒤편에서
우산을 받쳐 든 채 끌어안았다.
몸을 꼭 붙이고 입술을 겹쳤다.
그녀의 머리카락에서도 청재킷의 옷깃에서도
비 냄새가 났다. 여자의 몸은
어째서 이렇게 부드럽고 따스할까.
재킷 너머로 그녀의 가슴 감촉이 분명히
내 가슴에 느껴졌다.
나는 정말 오랜만에 살아있는 사람과
닿은 듯한 느낌을 받았다.

본문 중에서

작가 이야기
무라카미 하루키

村上春樹
1949.1.12-

처음 뵙겠습니다.
이름은 많이
들었습니다만……

하루키는
소설을 내는 사이사이
에세이집도 꾸준하게 내고 있다.

에세이 속 하루키 씨는

소설에서보다 훨씬 편안한 목소리로
자신의 일상과 관심사, 생각들에 대해 들려준다.

하루키 씨는 재즈 바를 운영하던 서른 살의 어느 날,
야구를 보다가 갑자기 소설을 써야겠다고 생각했고

잘못된 습관이나 마약 같은 것으로 인해
일찍 죽는 예술가가 되지 않으려

담배를 끊고 달리기를 하며
일찍 자고 일찍 일어나기 시작했다.

외국에 오래 머물며
그곳에서 작품을 쓰고

그래서 달리기를 말할 때
이야기하고 싶은 것은?

건강을 위해 서른세 살에
매일 10킬로미터를 뛰는 것으로 시작한 달리기를
성실하게, 열심히 지금까지 하고 있고

음악을, 특히 재즈를 좋아하는
하루키 씨.

이런 하루키 씨의 소설 밖 생활을 읽으면

당신을
알아요!

말하고 싶어진다

ooosasil

피터 캣(1974~1981)

무라카미 하루키가 운영한 재즈 바. 하루키는 대학 졸업 전에 결혼을 하고 재즈 바를 열었다. 중학생 때부터 레코드를 수집할 정도로 음악을 좋아했던 하루키는 평일에는 좋아하는 음악을 틀고 주말에는 재즈 공연을 했다고 한다. 첫 소설을 이 재즈 바의 부엌 식탁에서 썼다.

F. 스콧 피츠제럴드(F. Scott Fitzgerald, 1896~1940)

미국의 소설가.
하루키는 고등학생 시절부터 피츠제럴드를 좋아했다고 한다. 여러 에세이와 인터뷰에서 피츠제럴드에 대한 깊은 애정을 표현했고, 『노르웨이의 숲』에서는 주인공 와타나베가 가장 좋아하는 소설로 『위대한 개츠비』가 자주 언급된다. 하루키는 번역가이기도 한데 처음 번역한 작품이 피츠제럴드의 『나의 잃어버린 도시』였고 『위대한 개츠비』도 후에 번역했다.

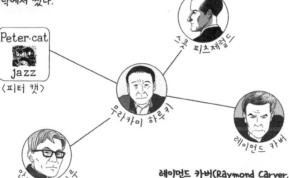

〈피터 캣〉

스콧 피츠제럴드

무라카미 하루키

레이먼드 카버

안자이 미즈마루

안자이 미즈마루(安西水丸, 1942~2014)

일본의 일러스트레이터, 화가.
하루키가 작가로 데뷔한 해에 처음 만난 후 줄곧 같이 작업을 해 왔다. 하루키는 자신의 에세이에 대충 쓱쓱 그린 듯한 그림을 그리는 미즈마루를 보고 일부러 그림 그리기 어려운 소재로 글을 써 보기도 했다고. 하루키는 미즈마루를 두고 이 세상에서 내가 마음을 허락할 수 있는 몇 안 되는 사람 중 하나였다고 말했다.

레이먼드 카버(Raymond Carver, 1938~1988)

미국의 소설가, 시인.
하루키는 레이먼드 카버의 작품을 일본어로 번역하여 처음 일본에 소개하였다. 하루키는 카버에 대해 동시대를 사는 문학적 스승이면서 소중한 동료 작가라고 말했다. 일본어 판이 나온 후 미국으로 카버를 찾아갔고 일본으로 초대하기도 했다. 하루키는 키가 190센티미터가 넘는 거구인 카버를 위해 침대를 제작하는 등 카버를 맞을 준비를 했지만, 카버가 갑자기 건강이 나빠지면서 다시 만나지는 못했다. 후에 하루키는 카버의 모든 작품을 번역했다.

페스트

알베르 카뮈

평범하기 그지없는 조용한 해안 도시 오랑에서 언젠가부터
거리로 나와 비틀거리다 죽어 가는 쥐 떼가 곳곳에서 발견된다.
정부 당국이 페스트를 선포하고 도시를 봉쇄하자 무방비 도시는
대혼란에 빠진다. 위험이 도사리는 폐쇄된 도시에서 사람들은
극한의 절망과 마주한다.

66 재앙이 삶을
덮칠 때 99

· · · · · 사실 재앙이란 모두가 다 같이 겪는
것이지만 그것이 막상 우리의 머리 위로 떨어지면
여간해서는 믿기 어려운 것이 된다. · · · · ·

알제리의 오랑,

바닷가의 도시

의사 베르나유 리유,

도시에 죽은 쥐들이
발견되고,

수상한 병증의 사람들이

죽어 간다.

애써 외면하고
의미를 부여하지 않으려 하지만……

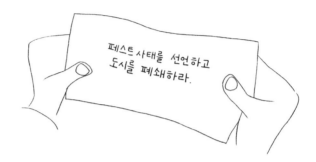

페스트 사태를 선언하고
도시를 폐쇄하라.

일상을 평온하게 유지하려는
모든 사람들 위로
분명한 이름의 재앙이 떨어진다.

도시는 폐쇄되었고

바깥과의 모든 왕래는 끊겼다.

잠깐 다녀오려 도시 밖으로 나간 사람들은
들어올 수 없었고

도시에 짧은 일정으로 들른 여행객도
밖으로 나갈 수 없게 되었다.

감염과 죽음에 대한 두려움,

전기와 생필품 부족으로 인한 불편과 불안,

그리고 금방 만나리라 여겼던 가족, 연인과의
기약 없는 이별.

사망자 수, 통계는
추상적이지만

페스트라는 이름의 재앙이,

모두 다른 결의 일상과 행복을 가진
개개인들 앞에

각각의 몫으로 떨어졌다.

벌어질 수 있는 일이다.

공간적인 우연과

시간적인 우연이 겹쳐져

어느 대형 사고의 현장에 있게 되거나

자연 재해라는 이름으로,

전쟁이라는 이름으로,

국가적, 사회적 폭력이라는 이름으로
재앙이 닥쳐

관성처럼 이어지던
평온함이 완전하게 깨지고

도저히 저항할 수 없는 벽 앞에 선 듯
무기력한 상황에 빠질 수 있음을

나는
가끔,
조금씩
생각하곤 했다.

카뮈는
의사 리유의 목소리를 빌려

이 세상의 모든 병이 다 그렇죠.
그러나 이 세상의 모든 고통에 있어서
진실인 것은 페스트에 있어서도 역시
진실입니다. …… 그러나
그 병으로 해서 겪는 비참과 고통을 볼 때,
체념하고서 페스트를 용인한다는 것은
미친 사람이나 눈 먼 사람이나
비겁한 태도일 수밖에 없습니다.

세상을 온전히
이해하고 해석하지 못하더라도

원하는 결과를
이루어 내는 것이 언제까지나 미뤄지더라도

닥쳐오는 재앙을
체념하거나 받아들이지 않고
성실하게, 쉼 없이 싸우고 버텨 나가는 것이

인간의 구원이란 나에게는
너무나 거창한 말입니다. 나에게는
그렇게까지 원대한 포부는 없습니다.
내게 관심이 있는 것은 인간의 건강입니다.
다른 무엇보다 건강이지요.

거대한 재앙과 알 수 없는 세상 앞에서
인간이 취할 수 있는 단 하나의 태도라고
담담하게 말한다.

나는,
희망이나 성취를 곧장 말하지 않으면서도
긍정과 적극적인 행동을 지지하는

카뮈의 글에
희미한 위로를 얻는다.

ooosasil
📖

이 장면

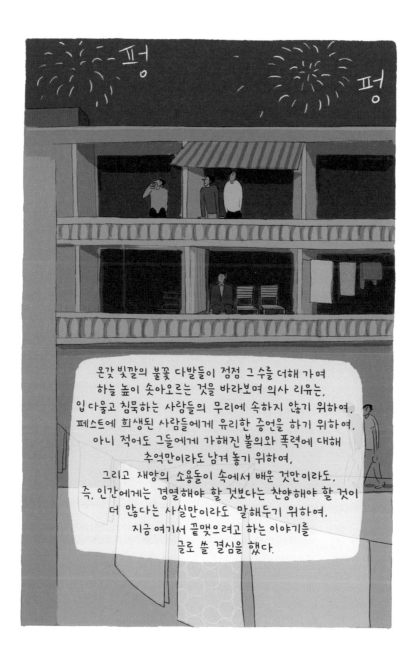

온갖 빛깔의 불꽃 다발들이 점점 그 수를 더해 가며
하늘 높이 솟아오르는 것을 바라보며 의사 리유는,
입 다물고 침묵하는 사람들의 무리에 속하지 않기 위하여,
페스트에 희생된 사람들에게 유리한 증언을 하기 위하여,
아니 적어도 그들에게 가해진 불의와 폭력에 대해
추억만이라도 남겨 놓기 위하여,
그리고 재앙의 소용돌이 속에서 배운 것만이라도,
즉, 인간에게는 경멸해야 할 것보다는 찬양해야 할 것이
더 많다는 사실만이라도 말해두기 위하여,
지금 여기서 끝맺으려고 하는 이야기를
글로 쓸 결심을 했다.

본문 중에서

Albert Camus
1913. 11. 7 – 1960. 1. 4

반가워요!

알베르 카뮈는
프랑스의 식민지였던 알제리에서
태어나고 자랐다.

프랑스 출신으로 농업 노동자였던 아버지는
카뮈가 태어난 다음 해에 1차 세계 대전에서 전사했고
청각 장애가 있고 문맹인 어머니가
노동을 하며 알제리 벨쿠르의 빈민가에서
가족들의 생계를 책임졌다.

가난했던 알제리 시절.

하지만 카뮈는 알제리에서
평생 고마움을 표하게 되는
초등학교 교사 루이 제르맹을 만나고

문학적 스승이자 친구로 인연을 이어나간
대학 시절의 교수, 장 그르니에를 만났다.

『결혼』   『여름』

무엇보다 카뮈는 창작 활동을 시작하면서
알제리에 대한 아름답고 빛나는 산문들을 남겼다.
그리고

『이방인』

알제리의 자연 - 특히 바다와 태양,
그리고 어린 시절의 물질적 가난은
이후 모든 작품과 정신 세계의 뿌리가 되었다.

카뮈는 1960년 1월 4일
자동차 사고로 세상을 떠났다.
그의 가방에는 유고가 된 자전적 소설
『최초의 인간』의 미완성 원고가 들어 있었다.

2차 세계 대전과 전쟁 이후 이념 갈등 등
정치 사회적인 혼란의 시기에
그 안에 뛰어들어 활동하며
자신의 신념을 꾸준하게 글로 써온 카뮈.

그가 남긴 마지막 작품에는
자신의 어린 시절에 대한
세밀한 묘사와 내밀한 고백이 담겨 있었다.

ooosasil

장 그르니에
(Jean Grenier, 1898~1971)
프랑스의 작가이자 철학자. 카뮈의 대학
은사였다. 카뮈는 그의 대표작인 『섬』에
아름다운 서문을 썼다. 두 사람이
오랜 세월 주고받은 편지가 책으로
나와 있고, 그르니에는 카뮈가 사고로
죽은 후,『카뮈를 추억하며』라는 책을
쓰기도 했다.

『섬』(1933)
그르니에는 1958년 카뮈에게
『섬』의 개정판 서문을 부탁했다.
카뮈는 젊은 시절 이 책이 자신에게 불러일으킨
흥분과 설렘을 서문에 담는다.
1960년 1월 1일, 그르니에는 카뮈에게
새로 나온 책을 보내지만
사흘 후 1월 4일, 카뮈는 교통사고로 사망한다.
카뮈가 받지 못한 책에 그르니에는,
이 책은 이제 내 것이 아니라 당신의
것이라고 해야 할 듯 하다고 썼다.

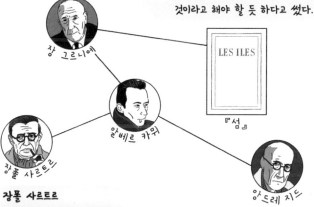

장 그르니에

LES ILES

알베르 카뮈

장폴 사르트르

『섬』

앙드레 지드

장폴 사르트르
(Jean-Paul Sartre, 1905~1980)
프랑스의 작가이자 철학자.
사르트르는 작가이자 정치 운동을 했던
활동가로 카뮈와 많이 비교되었다.
둘은 성장 배경에 따른 성격 차,
정치적인 견해의 차이, 그리고
작품에 대한 비판 등으로 인해 사이가
좋지는 않았다고 한다. 카뮈는 1957년
노벨상을 수상했고 사르트르는 1964년
노벨상 수상 작가로 선정되었으나
수상을 거부했다.

앙드레 지드(André Gide, 1869~1951)
프랑스의 작가.
어린 시절 카뮈의 집은 가난했고, 문학이나
예술 작품을 접할 수 없었다. 그때 카뮈가
문학 작품을 접할 수 있었던 건 책과 토론을
좋아하던, 정육점을 운영하던 이모부
덕분이었다. 『지상의 양식』도 그때 읽었다.
카뮈는 『섬』이 자신에게 미친 영향을
한 세대 전 사람들이 『지상의 양식』에서 받은
영향에 비교했다.

오이디푸스 왕

소포클레스

소포클레스는 아이스퀼로스, 에우리피데스와 함께 그리스 3대 비극 작가로
꼽히는 극작가다. 그는 평생 120편이 넘는 비극을 썼는데, 그중 일부만 현재까지
전문이 남아 있다. 그리스 비극의 완벽한 모범이라 불리는 「오이디푸스 왕」을
비롯해 「안티고네」, 「아이아스」, 「트라키스 여인들」 등이 대표작으로 꼽힌다.

⁶⁶이야기의 아주 오래된 기원⁹⁹

이야기란 무엇일까?

오이디푸스.

「오이디푸스 왕」 중에서

그는 어려서,
자신이 아버지를 죽이고
어머니와 결혼하게 될 것이라는
신탁을 받는다.

그 예언을 피하기 위해,
부모님과 고향을 떠나
방랑하던 오이디푸스.

엇!

우연히,

수수께끼로 사람들을 괴롭히던 스핑크스를

수수께끼를 맞추는 것으로 물리쳐
선왕의 죽음으로 왕위가 비어 있던 그 지역,
테바이의 왕이 된다.

오이디푸스는,

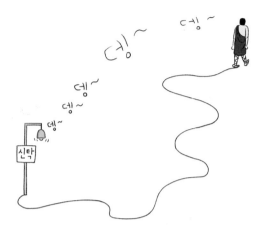

최대한 신탁을
벗어나는 길로 멀리,
멀리 걸어가고 있다고
생각했을 것이다.

......

그리고

크아아아아ー

혼자 세상을 돌아다니며
충동적 행동과 그로 인한 죄과를 반복하는
영웅 헤라클레스를
(사자 가죽을 쓰고 다녔다고…)

「트라키스 여인들」 중에서

걱정과 초조로 기다리던 아내,
데이아네이라.

사실은, 헤라클레스께서
그녀를 숨겨 두고 부인으로 삼으려고,
······
작은 불만과 핑계를 만들어서
이 여인의 조국으로 쳐들어가, 도시를
약탈한 겁니다. 그리고 지금,
마님께서 보시다시피,
헤라클레스 님은 돌아오면서
그녀를 이 집으로 보낸 겁니다.

내가 보기에 한 여자의 청춘은 피어나고
다른 여자의 젊음은 시들고 있습니다.

나는 이제, 헤라클레스께서 이름만
남편일 뿐, 사실상 더 젊은 저 여인의
남자가 될까 봐 두렵습니다.

그녀는 오래 전,
강을 건네주면서 자신을 희롱하여
헤라클레스의 독화살을 맞아 죽은
넷소스의 피를 이용하기로 한다.

· · · · · ·

이것을 드리고 말하세요,
사람들 중 누구도
그분보다 먼저 이걸 몸에
둘러 입지 못하게 하라고.
그리고 그분이 찬란하게
모습을 드러내고 서서
황소를 잡아 바치는 날,
신들께 보여드리기 전에는,
태양의 빛살도,
신성한 울타리도, 화덕의 불빛도
그 옷을 보지
못하도록 하라고.

선의였어요!

끄덕 끄덕

쾅

열심 열심

의지는
의지일 뿐
. . .

자신이 하는 일련의 행동과 결정들의 끝이
어디로 향하는지 알 수 없다.

칫

선의의 결과는
장담할 수 없다.

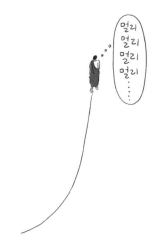

모든 예언을 피해
돌아 돌아
멀리 멀리
걸어가던 오이디푸스 왕은

돌고 돌아온 길이,
바로 예언을 향해 가는 길이었음을
깨닫게 된다.

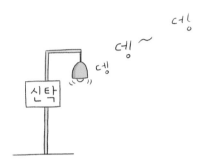

신탁

뎅 뎅~ 뎅

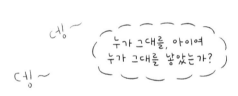

뎅~

뎅~

누가 그대를, 아이여
누가 그대를 낳았는가?

그리고 데이아네이라는,

나는 내가 끔찍한 짓을 저질렀다는 걸 알았어요. 대체 어떤 점에서, 무엇 때문에 그 짐승이 죽어 가며 내게 호의를 베풀었겠어요, 나 때문에 죽게 되었는데.

그럴 리가 없어요. 그는 자기를 죽인 자를 멸하고 싶어서 나를 홀린 거예요. 나는 그 깨달음을 너무 늦게 알아도 소용없는 때에 얻은 거지요.

……

자신의 행동이 커다란 화를 불러일으키리라는 것을 금방 알게 된다.

아이아스는,

신의 도움을 받으면
별 볼일 없는 자라도 승리를
얻을 수 있을 것입니다.
저는 그 신 없이도
명성을 거머쥐리라
확신합니다.

「아이아스」중에서

여왕이시여,
다른 아르고스인들 곁에
서소서. 나와 맞서 싸우려는 자는
결코 없을 테니.

뭣이라!

(전쟁의 신 아테네)

아테네의 계략으로 광증에 빠져
양과 염소를 사람으로 착각하여
죽이고 기둥에 묶어 고문하게 된다.

비극적 인물들 ……

먼 곳을 향해 쏜 화살은 자꾸

등 뒤로 와 꽂힌다.

도저히 어찌할 수 없이,
손써 볼 수 없이

어떤 신이 내 머리로 달려들어,
온 무게를 실어
나를 내리쳤구나, 거친 길바닥으로
내동댕이 쳤구나.

아아, 즐거움을 뒤엎어
짓밟아 버렸구나!
아아, 아아, 인간들의
헛된 노력이여!

영문도 모른 채

내 맘이지롱

(아테네)

운명, 혹은 신이라는 이름으로

294

비극 속으로 빨려들어 간다.

그 인물들의 절규에 몸서리가 쳐진다······.

인생이란 그런 것인가!

2500년 전에도,

질질

버둥 버둥

지금도…

2500년 전 이야기가
오랜 세월과 무수한 사회 변화 속에서도
살아남아 수많은 다른 이야기로
뿌리가 뻗었고

생각보다 아주
흥미진진 했어요.

짝 짝

뭔 상관?

게다가 2500년 전
사람이잖아요!

그 이야기 자체도 지금의 나에게 건네져
실감나게 읽힌다는 것에

나는 조금
신비로운 기분이 들었다.

정말
이예요!

뭐래 흠

ooosasil

이 장면

그것은 아폴론이었소, 아폴론이오, 친구여. 나의 불행은, 불행은, 나의 고통을 완성한 것은. 하지만 눈을 직접 찌른 것은 다른 누구도 아니고 가련한 나 자신이었소.

. . . . . 그랬더라면 아버지의 살해자가 되지는 않았을 것을! 또 사람들 사이에서 내 어머니의 배우자라 불리지도 않았을 것을! 하지만 이제 나는 신에게 버림받고, 경건치 못할 자식으로, 불운한 나를 낳아 준 바로 그분들과 함께 자식을 낳은 자로다. 불행보다 더한 불행이 있다면, 그것을 오이디푸스가 만났도다.

「오이디푸스 왕」 중에서

작가 이야기
소포클레스

Σοφοκλῆς
B.C. 496 - B.C. 406

안녕하세요,
소포클레스의
머리여!

고대 그리스에서는
겨울이 가고 봄이 올 무렵
디오니소스 축제가 열렸다.

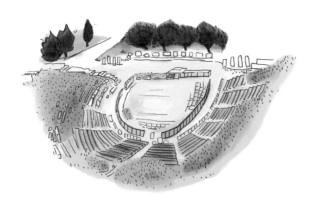

그 축제에서
지금까지 전해지는 희곡들이
연극으로 공연되었다고 한다.

고대 그리스의 3대 비극 작가라고 불리우는
세 작가는 동시대를 살았다.

아이스퀼로스는
여러 명이 합창을 하고
한 명이 앞으로 나와 시를 읊는 기존의 형식에서 벗어나
등장 인물 두 명이 주고 받는 대화를
처음으로 도입했고,

소포클레스는 거기에 한 명을 더 추가해
대화와 인물을 입체적으로 보여 주었다.

그리고 에우리피데스는
그 전 이야기들에서 중요했던 신과 운명을 떠나
인간들 본연의 모습을 보여 주었다.

지금과 비교하면
이야기를 전달할 수 있는 매체라는 것이
거의 없던 고대 그리스.

(고대 그리스 연극에서 쓰였던 가면들)

풍성한 그리스 신화를 바탕으로,
극작가들은 이야기 구조를 만들고
신화 속 신과 사람들에게 성격과 생기를 부여해
살아 있는 모습으로 연극 무대에 올렸고

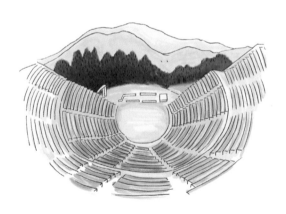

그리스 사람들은 언덕 위 원형극장,
뒤로는 자신들이 살고 있는 마을이 보이는 무대 위에서
펼쳐지는 그 공연을 보았다,
신화 속 이야기이면서 자신들의 이야기로.

부유한 집안에서 자라
여러 교양 교육을 받은 소포클레스는 연극에서
극작가이자 배우, 연출가 그리고
무대 장치가와 작곡가의 역할을 하며
자신의 극 무대를 완전히 지배했다고 한다.

당시의 공연은 한 순간으로 사라졌지만
세월에 부서지고 마모된 상태로나마 극장이 남아 있고
글로 기록되었던 대본은
문학 작품의 형태로 지금까지 전해져 내려오고 있다.

ooosasil

보이지 않는 도시들

이탈로 칼비노

베네치아의 젊은 여행자 마르코 폴로와 황혼기에 접어든 타타르 제국의 황제
쿠빌라이가 대화를 나눈다. 물론 그것은 가상의 대화. 한 페이지 또는 기껏해야
네 페이지를 넘지 않는 짤막한 대화들은 '보이지 않는 도시들'을 묘사한다.
행복을 추구하고 유토피아를 탐구하려 한 마르코 폴로의 여행과 기억 속에서,
55개의 도시들은 서로 닮은 듯 다르게 변주된다.

"도시, 사랑하는 나의 도시"

도시에 산다.

모르는 사람들에 둘러싸여,

모르는 건물들과
모르는 온갖 물건들,
복잡함과 거대함 속에서.

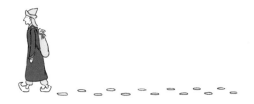

여행자가 있다.

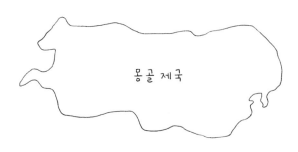

거대한 제국이 있고

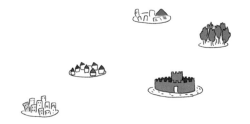

그 제국 안에는 셀 수 없이 많은 도시가 있고,

여행자는 도시에서 도시로
여행을 한다.

황제가 있다.

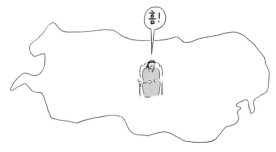

거대한 제국을 다스리고 있지만
자신의 제국 안을 속속들이 알지 못한다.

311

여행자에게서
자신은 모르는 제국 곳곳의 도시들에 대해
이야기를 듣는다.

그 여행자,
마르코 폴로.

그 황제,
몽골 제국의
쿠빌라이 칸.

사방에 흩어진
점같은 도시들을
하나하나 방문하는 것은
어떤 기분일까.

여행자는 나무와 돌뿐인 길을 따라 며칠을 걷습니다.

관대하신 쿠빌라이시여, 부질없겠지만 높은 보루에 에워싸인 도시 자이라에 대해 묘사해 보겠습니다.

이제 놀라운 도시 제노비아에 대해 말씀드리려 합니다.

올리비아에 대해 묘사하려면……

(도시와 욕망 2 - 아나스타시아)

도시들……

(섬세한 도시들 3 - 아르밀라)

세상의 모든 도시들에 대한,

"에우사피아처럼 삶을 즐기고
걱정을 피하는 도시는 없습니다.
너무 갑작스럽게 삶에서 죽음으로 옮겨 가지 않도록"

"주민들은 지하에
자신들의 도시와 똑같은 도시를 건설했습니다."

"누런 살가죽으로 덮인 해골만 남게 된 시체들은
지하로 옮겨져 그곳에서
예전에 했던 일을 계속 하게 됩니다."

(도시와 죽은 자들 3 - 에우사피아)

"아르지아가 다른 도시와 다른 점은
공기 대신 그 자리를
흙이 차지하고 있다는 겁니다."

"그곳은 사막처럼 황량합니다.
밤에 땅에 귀를
가까이 갖다 대면"

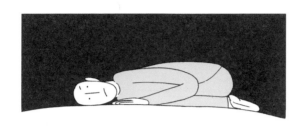

"가끔 문을 꽝 닫는 소리가
들립니다."

(도시와 죽은 자들 4 - 아르지아)

상상 가능한 모든 도시에 대한,

"낭떠러지 위에 걸려 있는
옥타비아 주민들의 삶은
다른 도시에서의 삶보다
더 확실합니다."

(섬세한 도시들 5 - 옥타비아)

이야기를 한다.

그리고,

아직 자네가
말하지 않은 도시가
하나 있네.

베네치아

......

도시를 묘사할 때마다 저는 베네치아의 무엇인가를 말씀드렸습니다.

다른 도시들이 지닌 특징들을 구별하기 위해서는, 잠재하는 최초의 도시에서 출발해야 합니다. 제게 그 도시는 베네치아입니다.

단 하나의 도시에 대한 이야기.

나에게 그 도시는,
내가 살고 있는
서울이다.

이탈로 칼비노는 실제로
이 책의 도시들을 상상하고 글로 적을 때
베네치아를 떠올렸을까?

내가 이 책을 읽고 도시들을
상상할 때
그 도시들은 모두 서울이었다.

나이가 좀 든 후부터
지금까지 쭉 살아온 서울.

테클라의 건설 공사는
왜 이렇게 오랫동안 계속되는 겁니까?

당신들의 건축은 무슨 의미가 있나요?

여러분이 보는 설계도는 어디 있죠?

"도시는 매일 새로워지고
단 하나의 결정적인 형태로 스스로를
완전하게 보존해 나갑니다. 바로 그저께의, 그리고
매달, 매년, 십 년 전의 쓰레기들 위에 쌓이는
어제의 쓰레기 더미의 형태로 말입니다."
(지속되는 도시들 1 - 레오니아)

"폐하는 자신이 아나스타시아
전체를 즐기고 있다고 생각하시겠지만,
그 도시의 노예에 불과할 따름입니다."

(도시와 욕망 2 - 아나스타시아)

"펜테실레아 밖에는 진짜 다른 외부가 있을까?
이 도시에서 아무리 멀어져도 그건 그저
한 외곽 지역에서 다른 외곽 지역으로
옮겨 가는 것에 불과해서
절대 이 도시를 벗어날 수 없는 것은 아닐까?"

(지속되는 도시들 5 - 펜테실레아)

도시들,

여행자는 자신이 갖지 못했고
앞으로도 가질 수 없는
수많은 것들을 발견함으로써
자기가 가지고 있는 것이
얼마 되지 않는다는 것을
인식하게 됩니다.

마르코 폴로가
여행한 도시들이며,

가끔 내가 화려하면서도 보이지 않는 현재의 포로가 되어 있을 때, 그럴 때면 자네의 목소리가 까마득하게 들려오곤 하지.

나는 자네의 목소리를 통해 도시들이 살아가는, 그리고 어쩌면 죽은 뒤에도 다시 살아나게 될 보이지 않는 이유들을 듣게 된다네.

쿠빌라이 칸이
왕궁에 앉아 꿈꾸는
도시들이며,

이탈로 칼비노가
살았거나 스쳐 지나갔던 도시들,

그리고

내가
살고 있는 도시
이야기를

읽고
상상함.

ooosasil

이 장면

본문 중에서

Italo Calvino
1923.10.15 - 1985.9.19

이탈로 칼비노는
쿠바에서 태어났다.

농학자였던 아버지와 식물학자였던 어머니는
이탈리아 출신이었고
이탈로 칼비노가 세 살 때 이탈리아로 돌아온다.

2차 세계 대전 때 이탈리아를 점령한
독일군을 상대로 레지스탕스 활동을 한 경험을 바탕으로
『거미집으로 가는 오솔길』을 발표한 이탈로 칼비노.

사실적인 이야기로 문학 활동을 시작했지만
그의 문학 세계는,

『우주 만화』

시간적, 공간적으로 멀리 떨어져
우주와 태초의 시간 전체를 내려다보고

『보이지 않는 도시들』

세상의 모든 도시들을 여행하며,

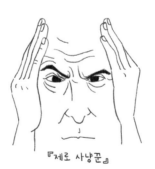

『제로 사냥꾼』

찰나의 순간을 끊임없이 확대해
그 안에서 우주를 만들어 낸다.

현실 세계를 바라보는
아주 거대한 망원경 혹은 아주 섬세한 현미경처럼
현실에서 환상과 추상을 만들어 내는
이탈로 칼비노.

『마르코발도 혹은 도시의 사계절』

그 현실 세계 안에서
도시의 가난한 노동자는 힘겹게
반복되는 사계절을 살아 내고

『힘겨운 사랑』

개개인들의 미묘한 순간들도
조용히 계속된다.

거리와 각도, 초점을 변경하고 조절하며 오가는
이탈로 칼비노의 시선들이

그의 저서 한 권 한 권에
담겨 있다.

ooosasil

열두 번째 책

변신 · 시골의사

프란츠 카프카

20세기 문학의 새로운 장을 열었고 현대 문학의
불멸의 신화가 된 프란츠 카프카의 단편집.
어느 날 아침 한 마리 해충으로 변한 그레고르의 이야기 「변신」 외에,
「판결」, 「시골의사」, 「가장의 근심」 등 32편의 소설을 담았다.

"불안이 내 안에
뿌리를 내려"

평온하고
여느 때와 다를 것 없는
하루를 보내고
잠자리에 들었다.

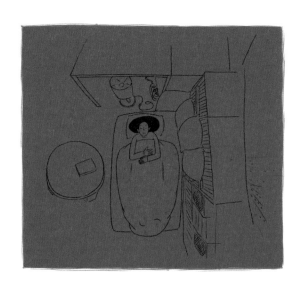

.

.

.

다음 날 아침 잠에서 깼을 때

.

나는 내가 한 마리 벌레로
변해 있음을 알았다.

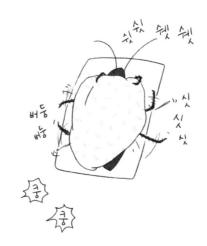

그레고르야,

여섯 시 삼십오 분이다.
안 일어날 거니?

「변신」 중에서

그레고르,
그레고르야!

대체 어떻게
된 거냐?

그레고르!
그레고르야!

아버지
‥‥‥

버둥 버둥

버둥

그레고르 잠자 씨는 벌레가 되었다.

누군가가

「굴」중에서

어떤 생물이.
혹은 사람이
이를테면 K모씨가.
아니면 두더지가

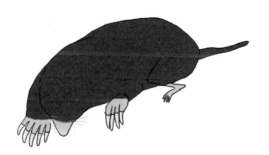

땅 밑에 굴을 판다.
은신처를 만든다.

"굴을 팠는데 잘 된것 같다."

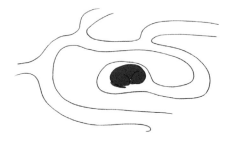

⁶⁶거기서 나는 평화의 단잠을,
채워진 욕구의
그리고 자기 집을 소유한다는 도달된 목표의
단잠을 잔다.⁹⁹

외부인의 침입을 막기 위해
미로 같은 입구를 만들고
정교하게 벽을 다듬고
식량을 충분하게 쌓아 둔
자신의 건축물 안의 그.

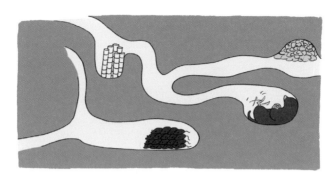

그는 행복한가?

그는 편안함을 느끼는가?

그렇지 않다,
굴 안에서도 굴 밖에서도.

어디에서도 편안하지 않다.

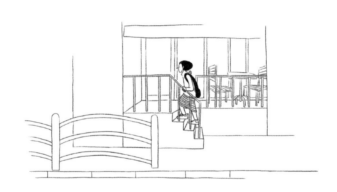

어디에서도 편안하지 않다.

「승객」 중에서

" 나는 내가 이 입구 쪽 입석에 서서
가죽 손잡이에 매달려 이 전차로 하여금
나를 실어가게 하고 있다는 사실.
사람들이 전차에서 비켜 서거나 말없이 지나치거나
쇼윈도 앞에 멈춰 서 있다는 사실조차도
확신할 수가 없다. - 하기야
누가 나더러 그러라고 하지도 않는다.
그러나 그 또한 아무래도 상관없는 일이다. "

" 어떻게 이런 일이 있는가. "

"스스로에 대해 의아해하지 않으며,
입을 굳게 다물고 그 비슷한 말도 하지 않는 일이"

왜.
˙
˙
˙
˙

˚
˙
˚
˙

왜 아무도
의아해하지 않는가
……

마음 속 깊은 불안을 말할 수는 없다.

카프카의 불안,

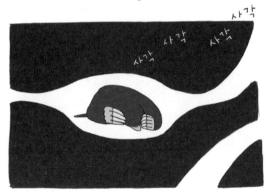

" 나는 소리 나는 장소에 가까이조차 가지 못하는데
희미한 소리는 변함없이
규칙적인 간격을 두고 계속 울린다. "

사각 사각 사각 사각 사각 사각 사각 사각 사각 사각

근원을 알 수 없기에
멈출 날 없고

○
○
○

누군가 다가오고 있는 것이다!

아주 가까운 것들과 스스로를 향하기에
되돌아가 쉴 곳이 없는

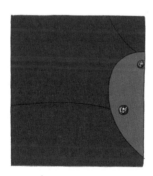

카프카의 불안.

카프카를 만났다,

한 번도 입 밖에 꺼내어 드러내 본 적 없는
나의 불안을

카프카의 오래된 글에서 읽었다.

ooosasil

이 장면

「밤에」중에서

이 굴이 나에게 확신을 가져다줄 것인가?
나는 전혀 확신을 원하지 않을 만큼 되어 버렸다.
성곽 광장에서 나는 가죽 벗긴 빨간 근사한 살코기 한 점을
골라내어 그걸 가지고 흙무더기 속으로 기어들어 간다.
그 속에는 아무튼 정적이 있을 테니.
이곳에 도무지 아직 정적이란 게 있다면.

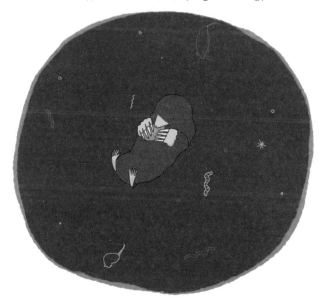

「굴」 중에서

작가 이야기
프란츠 카프카

Franz Kafka
1883.7.3 - 1924.6.3

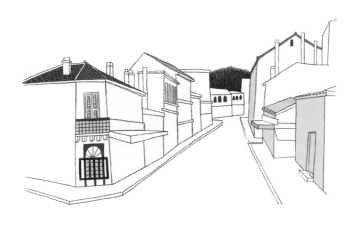

카프카는 체코에서 태어났다.

유대인이었던 카프카는
독일계 학교에 다녔고
일상 생활에서 주로 독일어를 사용했으며
작품도 독일어로 썼다.

어려운 환경에서 자수성가한 아버지 헤르만 카프카는
몸집이 크고 목소리가 우렁차며
가족과 주변 사람들을 강압적으로 대하고
늘 자신의 생각만을 강요했다.

『아버지에게 드리는 편지』

그와 달리 예민하고 내성적인 성격이었던 카프카에게
아버지는 늘 공포의 대상이었고
후에, 자신의 글쓰기가
아버지에게 직접 말할 수 없는 원망을
토로하는 것이었다고 말하기도 했다.

법학을 전공한 카프카는
노동 재해 보험 협회에서 근무하면서
낮에는 일하고 밤에는 글을 쓰는 생활을
오랫동안 유지했다.

세 번 약혼을 했지만 세 번 모두 파혼을 하고
많은 여성들과 연애 관계를 가지며
결혼 생활에 대한 갈망과
결혼 생활이 작품 활동을 방해할 것이라는
두려움 사이를 오가던 카프카는

끝내 독신으로 살았으며
만 40세에 폐결핵으로 세상을 떠났다.

『변신』

평생 글쓰기에 매달렸고,
글쓰기와 자신의 삶을 조화시키기 위해 노력했지만
그의 생전에 발표된 작품은
단편 소설 몇 개가 전부였다.

Burn after reading!

카프카는 가장 가까운 친구 막스 브로트에게
자신의 모든 원고를 불태워 줄 것을
유언으로 남겼지만

막스 브로트는 유언을 지키지 않았고

『성』

그의 사후에,
장편 소설과 단편 소설, 수많은 습작과 일기,
그리고 편지들이 책으로 출간되었다.

프란츠 카프카의 성 '카프카'는

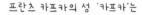

KafKa

자신이 남긴 작품들의 이미지와 아주 잘 어울리게도,
체코어로 까마귀라는 뜻이다.

ooosasil

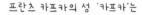

막스 브로트
(Max Brod, 1884~1968)
카프카의 친구.
카프카는 죽으면서 자신의 미발표
원고들을 태워 달라고
막스 브로트에게 맡긴다.
그 원고들은 막스 사후에 여러
사람들의 손을 거치며 일부는
거액으로 팔리기도 하다가
이스라엘 국립 도서관이 소유권을
가지는 것으로 최근 판결이 났다.

펠리체 바우어(Felice Bauer, 1887~1960)
카프카의 친구 막스 브로트의 집에서 우연히
잠깐 만난 후 카프카와 편지를 주고받으며
교제를 시작한다. 5년 여의 교제 기간 동안
다른 도시에서 지내며 몇 번 만나지 않았고
두 번 약혼을 하고 두 번 모두 파혼을 한다.
카프카가 바우어에게 보낸 집착과 변민이 가득한
편지들은 책으로 나와 있다. 바우어는
카프카와는 정반대로 낙천적이고 단순한
성격이었다고 한다.

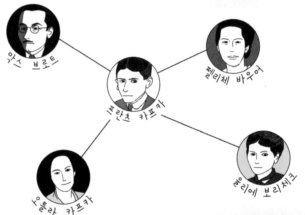

오틀라 카프카(Ottla Kafka, 1892~1943)
카프카의 세 여동생 중 막내동생.
카프카가 가장 가깝게 마음을 터놓고 지냈던 동생이었다.
폭군에 가까운 아버지와 결국 늘 아버지 편이었던
어머니 아래에서 둘은 늘 비밀과 감정을 공유하며
공동 전선을 펼쳤다. 아버지에게서 심리적으로 끝끝내
벗어나지 못했던 카프카와 달리, 식구들과 떨어져
독립된 생활을 꾸리고 아버지의 반대를 무릅쓰고
원하는 사람과 결혼했다.
카프카가 오틀라에게 쓴 엽서도 책으로 나와있다.

율리에 보리체크
(Julie Wohryzek, 1891~1944)
하숙집에서 카프카와 만나
교제하고 약혼했으나 카프카의
아버지는 이 약혼에 대해
엄청난 막말과 욕설로 반대를
했고, 결국 파혼한다.

열세 번째 책

나를 보내지 마

가즈오 이시구로

1990년대 후반 영국. 여느 시골 학교와도 같이 평온해 보이지만
외부와의 접촉이 일절 차단된 기숙 학교 헤일섬. 캐시는 지금은 폐교된
그곳에서 학창 시절을 보낸 후 간병사가 되었다. 캐시는 장기 기증 후 회복
중인 옛 친구를 돌보며, 추억 속의 헤일섬에서 행복했던 날들을 회상한다.
한편으로는 그 시절 내내 그들을 사로잡았던 의혹을 하나둘 풀어 나가고,
결국 이들 삶의 실체가 밝혀지는데……

어떻게 그렇게 된 것인지
전혀 알 수 없지만

생명으로 태어나,

삶을 산다.

생명으로 태어나

삶을 살아간다.

❝내 이름은 캐시 H.
서른한 살이고
11년 이상 간병사 일을 해 왔다.❞

"우리는 학교의 체육관을 참 좋아했는데,
그건 우리가 어릴 때 보던 그림책에 항상 나오던
작고 예쁜 오두막을 떠올리게 했기 때문일 것이다."

"나는 대낮에 아무도 없을 때를 골라
그곳으로 가서 그 노래를 반복해 듣곤 했다."

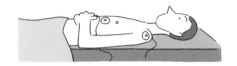

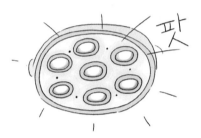

목적을 위해 만들어진
존재로서의 삶.

그들이 가진

우리한테

'인간'적인 경험과
감정들은
아무 의미가 없다.

영혼이 없다고
생각하는 사람이라도
있었나요?

사람들은
최선을 다해
되도록 너희 존재를
생각하지 않으려
했단다.

그럴 수 있었던 건
너희가 우리와는 별개의 존재라고,
인간 이하의 존재들이라고 스스로에게
납득시켰기 때문이지.

어떻게 태어나도,

그것은 생명이 된다.

본인들이 겪어 내야 할

삶이 된다.

나는 어떻게든
살고 있다.

합!

내 감정,
내 의지가
나의 것이라 믿으며

그것에 집중하여
살아가고 있다.

의심은 있지만.

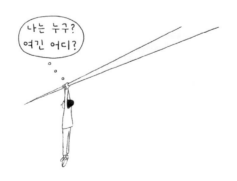

다른 존재들이 있다.

(내가 포함되지 않은)
하나의 무리가 있다.

가능성이 제한되고

가두어지고

인정받지 못하는 존재들.

사람들은 너희 존재를 거북하게 여겼지만,
그들의 더 큰 관심은 자기 자녀나 배우자,
부모 또는 친구를 암이나 심장병이나
운동 세포 질환에서 구하는 거였단다.

다른 말로
하자면 얘들아,

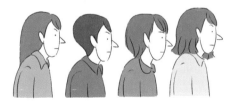

너희가 그림자 속에
머물러 있기를 바란 거야.

그들은 누구인가.

어느 관점에서는,
혹은

지금은 아니라도 어느 시점에서는
내가 아닌가,

내가 될 수 있지 않은가.

복제인간에 대한 이야기를 읽으며

생각했다.

ooosasil

이 장면

네 번째 기증이 끝나면 기술적으로는 목숨을 다했다 해도
의식이 어떤 식으로든 남아서 더 많은 기증이 이루어지리라는 것을
본인이 안다. 그 경계 너머에서 여러 차례 기증이
이루어지리라는 것, 더 이상 회복 센터도 간병사도 없다는 것,
그들이 자기 몸에서 손을 뗄 때까지 기증이 연달아 이루어지는 것을
지켜보는 것 말고는 아무것도 할 수 없다는 것을.
공포 영화의 한 장면 같은 이런 이야기를
사람들은 떠올리고 싶어 하지 않았다.

마치 왔다 가 버리는 유행과도 같군요.
우리에겐 단 하나밖에 없는
삶인데 말이에요.

본문 중에서

작가 이야기
가즈오 이시구로

KAZUO ISHIGURO
1954. 11. 8 -

가즈오 이시구로는 1954년 11월 8일
일본 나가사키에서 태어났다.

처음 뵙겠습니다.
반가워요.

1960년, 영국국립해양연구원에서 일하게 된
아버지를 따라 영국으로 간 후 쭉 영국에서 산
가즈오 이시구로.

대학에서 영문학과 철학을,
대학원에서 문예창작을 전공한 후
28살이던 1982년, 첫 소설
『창백한 언덕 풍경』을 발표한다.

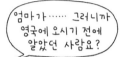
엄마가…… 그러니까
영국에 오시기 전에
알았던 사람요?

나가사키에 살 때
알던 여자란다. 네가
그런 걸 묻는 거라면
말이다.

아주 오래전 일이야.

결국 말이에요, 에츠코,
내가 잃을 게 뭐죠?
삼촌 댁에 가는 건 전혀
나를 위한 게 아니에요. 거긴
그저 빈 방이 있을 뿐이에요.
그게 다예요. 난 그 방에 앉아서
늙어 갈 거예요. 거긴 더 이상
아무것도 없어요. 그저
빈 방들뿐이라고요.

자신이 태어난, 그리고
자신이 태어나기 불과 9년 전에 원자 폭탄이
투하된, 전쟁 이후 나가사키의 삶을 그린
『창백한 언덕 풍경』

『남아 있는 나날』

거대한 세계사의 흐름 속을
주변인, 경계인으로 살아가는 사람들의 삶을,

인물 본인들의 회고, 고백조의 목소리로 들려준다.

그리고,
소설가가 되기 전 음악가를
꿈꾸었던 가즈오 이시구로의
유일한 단편집 『녹턴』에는
음악을 모티브로 한
다섯 개의 단편 소설이
실려 있다.

소설가가 되길
잘한 것 같죠?

ooosasil

에필로그

대체로 고요한 삶을 살고 있지만,

더 고요한 삶을 꿈꿀 때가 있다.

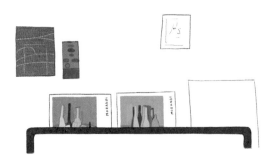

몇 십 년 동안 변함없는 생활을 유지하는 사람은
얼마나 많은 섬세한 것들을 관찰할 수 있을까,
가끔 생각한다.

비슷하게,
가끔은,

한 권, 혹은
아주 적은 수의 책을 반복해서 읽는
독서 생활을 꿈꾼다.

그건 매일매일
변화와 새로움을 발견하며
같은 골목을 오가는 것과 비슷할까?

책을 읽는.

여러가지 방법······.

책과 만나는

여러가지 방법.
(소리로 듣기가 생각보다 좋아요.)

거기에 나는
새로운 방법을 하나 더 찾았다.

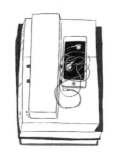

만화를 준비하며

일 년 동안 매달
그 달의 책을 읽고

또 읽었다.

전에 없이,
읽고 또 읽으며
내용을 정리했다.

문학 작품을 만화로 그리는 건,

고대 그리스
사람들은......

문학 작품을 읽는 전혀 새로운 방법......

장면을 골라 재구성하고

등장 인물들에
내 나름의 외양과 표정을 만들어
말하고 움직이게 하는 것.

안녕하세요!

그 안에 내가 들어가

히!

누구세요

등장 인물도, 작가도
만날 수 있는 것,

최고!

그러거나

말거나

이것은 정말
새로운 종류의
읽기 경험.

재미있었
습니다.

탁탁탁

라고 아직
말 못했다.

책 한 권이 담고 있는
의미와 맥락은
얼마나 많은가,

읽고 또 읽어 얻을 수 있는
감정의 종류는 또 얼마나 많은가.

만화를 그릴수록,

아!

책 한 권에서
1회 분량의 만화로 표현되는 것은
얼마나 사소한 부분인가!
생각하곤 했다.

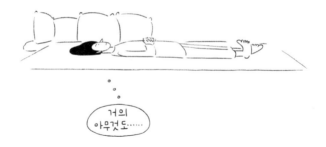

거의
아무것도……

거의 아무것도
말하지 않은 듯……

하지만……

표현된 것이
너무나 적고 사소하다 할지라도

작업의 과정이 나에게
책을 읽는 새로운 방법이었듯,

작품을 대하는 새로운 길이었듯,

만화를 보는 사람들에게
이 만화가

하나의 작품을 본격적으로 만나기 위한
사소한 시작이 되어 주기를,

이미 읽은 작품을 떠올리게 하는
작은 환기가 되어 주기를

바라는
마음이었다.

이제,

퇴근길엔 카프카를

1판 1쇄 펴냄 2018년 8월 31일
1판 7쇄 펴냄 2024년 5월 16일

지은이   의외의사실
펴낸이   박근섭, 박상준
펴낸곳   (주)민음사

출판등록 1966. 5. 19. (제16-490호)
주소   서울특별시 강남구 도산대로1길 62 강남출판문화센터 5층 (06027)
대표전화 02-515-2000 | 팩시밀리 02-515-2007

www.minumsa.com

ISBN 978-89-374-3800-4 (03800)

* 잘못 만들어진 책은 구입처에서 교환해 드립니다.